Christoph Grissemann, Dirk Stermann

Willkommen in der Ohrfeigenanstalt

Verlag Georg Hoanzl | Satire Österreich

Willkommen in der Ohrfeigenanstalt

Dirk Stermann & Christoph Grissemann

Verlag Georg Hoanzl Satire Österreich

www.stermann-grissemann.com

Wir danken Boris Kamenik.

3. Auflage 2002

Gestaltung: Thomas Kussin für buero8
Umschlagfoto: Stephan Doleschal
Druck: Rema Print
Printed in Austria

ISBN 3-902309-01-6

Inhalt

Regeln und Knochen,
beides gehört gebrochen.

Nicht immer alles zerhandeln – auch mal reden.

Zwei Nachrufe

Gestern Nacht ist *Dirk Stermann* gestorben. Ich kannte ihn seit über 25 Jahren als einen fleißigen, freundlichen Kollegen. Er hinterlässt 23 Frauen und 23 Kinder, seine eigenen nicht mitgerechnet. Er hat einen Schuss deutsche Fröhlichkeit in den österreichischen Schmäh mit eingebracht, auch wenn seine Fernsehauftritte immer seltener und seine Haare immer grauer wurden. Liebe Freunde, es geht kein Großer von uns, mehr ein kleines Rädchen, aber jede Kette ist nur so stark wie ihr schwächstes Glied. Das schwächste Glied der österreichischen Unterhaltung hatte all seine Kraft verbraucht und ist gestern in einem Flugzeug erschlagen worden. Nun, ich denke, wir können es verkraften. Und, lasst es mich so sagen, es trifft nie Unschuldige. Beerdigung findet keine statt, man hat den Körper auf Wunsch der Familie einfach im Flugzeug liegen lassen. Dass es mir überhaupt gestattet wurde, auf FM4 einen Nachruf auf meinen Kollegen halten zu dürfen, war erst nach langen Diskussionen mit den FM4-Gewaltigen möglich, lieber hätte man an dieser Stelle einen Skateboard-Event in Attnang-Puchheim beworben oder eine Motorola-Werbung geschaltet. Stermanns Postfach übrigens hat direkt nach Bekanntwerden seines Todes ein junger Kollege übernommen. Als Ersatz für Stermann in der Radiosendung „Salon Helga" wurde der Ex-Schisprungweltmeister Jens Weisflog engagiert.

Christoph Grissemann *war ein leuchtender Stern, ein eigenes Planetensystem, ein eigenständiges Universum, zu groß und strahlend für diese Welt. Ich weigere mich zu sagen, „Christoph Grissemann ist tot". Ein Mann wie er kann niemals tot sein. Er lebt in mir, in uns. Sein Werk lebt als er selbst stets weiter. FM4 hat seinen einzigen Star und sein Gewissen verloren. Der ORF trauert um seinen größten Sohn. Österreich ist wieder zu einer Fußnote im Weltatlas geschrumpft. Es ist kalt ohne dich, Christoph! Unsere eigene Dummheit bläst uns ins Gesicht, wenn wir ohne dich, den stets mahnenden, ewig kritischen Geist, dahinvegetieren müssen. Du starbst, nein, vielmehr gabst du deine körperliche Hülle gestern an den zurück, der nach deinem Ebenbild geschaffen wurde, Gott. Christoph Mark Grissemann ging gestern für immer von uns, nachdem er im Alkoholrausch an meinem Erbrochenen erstickt ist. Ich hatte mich in sein Gesicht übergeben, als er mich nach der Uhrzeit fragte. Vorbei. Geschehen ist, was geschehen ist. Der Leichnam ist sofort in den Vatikan überführt worden, weil Grissemann auch nach seinem Tod noch immer als Papstnachfolger im Gespräch ist. Es trauerten nicht nur die Erde, auch der Mond und Grissemanns Herkunftsplanet Uranus. Die Sonne wird zwei Tage lang nicht mehr scheinen, und danach immer nur ein kleines bisschen. Allen Erdbürgern ist ein Schweigejahr verordnet worden. Wir alle sind mit ihm gestorben, nur weil ich alter Esel ihm ins Gesicht gekotzt habe!*

Tagebücher

Die Pubertätstagebücher

Wien, 4.9.1979: Liebes Tagebuch! Der Arzt hat heute bei mir einen Ermüdungsbruch im Onaniearm festgestellt. Gleichzeitig läuft die Pickelproduktion auf Hochtouren. Habe auf der linken Schulter einen so großen Pickel, dass ich von hinten aussehe wie ein siamesischer Zwilling. Werde von den Lehrern nur „Akne-August" genannt. Bin jetzt in die dritte Klasse Volksschule gekommen, weil ich achtmal sitzen geblieben bin, obwohl ich unglaublich viel lerne und gar nicht faul bin.

. . . .

Duisburg, 4.9.1979: Ich muss nur noch sieben Jahre warten, bis ich endlich Taxifahrer werden kann! Es ist jetzt 23 Uhr. Ich lungere noch immer am Bahnhof rum. Meine Mutter hat mir wie immer Geld gegeben, dafür, dass ich nicht gleich nach der Schule nach Hause komme. Morgen ist mein Prozess beim Jugendgericht, wegen der alten Oma von der Bahnhofsmission, die ich gezwungen habe, mich zu küssen. Bin in der Scheiß-Schülerzeitung zum unsympathischsten Schüler gewählt worden.

. . . .

Wien, 5. 9. 1979: Liebes Tagebuch! War heute in der Universität. Wurde während einer Dermatologie-

Vorlesung von einem Professor den Studenten vorgeführt. Drei Studentinnen mussten rausgetragen werden, und einer hat „Elefantenmensch!“ gerufen. Das war ein Spaß! Irgendwie klappt das mit dem Wachsen nicht, ich bin erst 95 cm groß. Mir passt noch immer das Gewand, das ich zur Geburt bekam. Ich bin sehr einsam. Vielleicht antwortet dieser Deutsche. Ich habe auf sein Inserat im *Bravo* reagiert.

. . . .

Duisburg, 5.9.1979: Mir ist schlecht. Die Waage hier am Bahnhof hat 119 Kilo angezeigt. Damit bin ich wohl Deutschlands dickstes Kind. Ich habe auch ganz graue Haare, und das mit 14! Die Bahnhofsleitung hat mir übrigens Geld angeboten, wenn ich nicht mehr komme. Überall lehnen sie mich ab und bieten mir Geld, wenn ich fernbleibe. Der einzige Ort in Duisburg, wo ich noch hin kann, ist die Müllverbrennungsanlage und ein stillgelegter Schacht im Bergwerk. Aber ich fürchte mich doch im Dunkeln! Ich habe niemanden. Werde wohl oder übel dieser österreichischen Pickelfresse zurückschreiben.

Die Tourtagebücher von Graz bis Innsbruck

Graz, 13. 3. 2000: Grissemann schläft seit Tagen seinen Rausch aus und steht nur zweimal am Tag auf, um literweise Bier in sich hineinzuschütten. In der Früh hat er eine Interviewerin zu sich gelassen, aber nichts geredet, sondern nur geschlafen. Die arme Frau hat nur Schnarchen auf der Kassette. Interview lief trotzdem auf Ö1, kam angeblich ganz gut an. Die Ö1-Frau glaubte, in sein Schnarchen eine Kritik an der Buchpreisbindung hineininterpretieren zu können. Nach 30 Minuten fiel er aus dem Bett und schlug dabei mit dem Kopf an die Marmorplatte des Nachttisches. Dieses Geräusch wird heute als Nachrichtengong auf Ö1 verwendet. Durch die Gehirnerschütterung bekam Grissemann einen Brechreiz und übergab sich hektoliterweise in das kleine Handtäschchen der Kulturredakteurin. Das Krokodilledertäschchen mit dem skurrilen Inhalt soll nun beim Steirischen Herbst ausgestellt werden. Was die Drecksau anfasst, wird zu Gold. Ich halt das nicht mehr aus. Ich wollte ja auch was Interessantes in das Mikrofon sagen, aber die Frau schaltete das Mikrofon sofort aus, zog mich aus, warf mich auf die Marmortischplatte und hatte ruckzuck 46 Orgasmen in zwei Minuten. Ich weiß auch nicht, aber irgendwie fühl ich mich immer öfter zu sehr auf meine Schönheit und meinen Körper reduziert.

. . . .

Graz, 13. 3. 2000: Liebes Tagebuch! Unfassbar. Nach unserem Auftritt in der Metzgerei Huberbauer, es war eine geschlossene Vorstellung für sechs geistig verwirrte Fleischhauerlehrlinge, zählte ich tatsächlich 18 Frauen zwischen 18 und 79, die alle gleichzeitig an Stermanns eitrigem Beinfurunkel saugten, während er mit seinen herpesinfizierten Pestlippen den Bürgermeister, dessen Frau und deren Söhne verwöhnte! Stermanns sexuelle Ausstrahlung ist mir ein vollkommenes Rätsel, wiegt er doch inzwischen wieder ohne Hoden 114 Kilo und mit Hoden 134. Die Frauen reißen sich um Andenken, Stermanns so genannte „Erotik- Souvenirs", Bartschuppen, Nissen und Ohrenschmalz und in kleine Fläschchen abgepackte morgendliche Augendrecksäckchen! Meine Eifersucht lässt mich bald zum Mörder werden. Ich selbst werde als sexuelles Wesen inzwischen gar nicht mehr wahrgenommen und kann wieder nur als Kunstgenie punkten. Wenn ich zu einer Frau sage: „Puppe, ich würde gerne mit dir schlafen!", dann fragt sie zurück: „Und wie geht die zweite Zeile, du Gott der Lyrik?" Habe gerade erfahren, dass meine Blinddarmoperation auf *Arte* und *3sat* übertragen worden ist. Der

Blinddarm selbst wurde sofort nach Kärnten überführt, wo er im nächsten Jahr dem Sieger des Ingeborg-Bachmann-Preises als Pokal überreicht wird.

. . . .

Innsbruck, 14. 3. 2000: Heute Morgen hat Grissemann aus Eifersucht versucht, mich umzubringen. Er schlug mit allem auf mich ein, was er in die Hand kriegen konnte. Ein zufällig anwesender Kritiker der Zeit filmte alles auf Video mit und bezeichnete das primitive Eindreschen auf mich als „das glanzvolle Comeback des Aktionstheaters der 70er Jahre". Grissemanns ekelhaftes ordinäres Schreien während der Schläge erscheint im Spätsommer als CD in einer Auflage von 5.000.000 Stück. Um 11 Uhr kam André Heller. Grissemann lag wie immer betrunken unterm Bett und schaute das RTL-Familienduell mit Werner Schulze-Erdl. Heller bot Grissemann an, mit genau diesem Programm eine Welttournee zu machen. „Sie, verehrter Herr Grissemann, sind für mich der größte Dekonstruierer des Banalen! Sie, unter einem Bett liegend, eine billige deutsche Gameshow schauend! Folgen Sie mir, erschaffen wir für die Welt ein neues Universum des Geldes!" Grissemann reagierte überhaupt nicht, sondern speichelte eine Spinne unterm Bett ein. Die Spinne ertrank in Grissemanns Spucke. André Heller schoss ganz viele Fotos, die er in einem riesigen Pavillon auf der EXPO zeigen will. Als ich André Heller ansprechen wollte, wurde ich noch vor dem ersten Wort von fünf wild gewordenen Stewardessen der Tyrolean-Airways vergewaltigt. Heller schien von mir angeekelt zu sein.

. . . .

Innsbruck, 14. 3. 2000: Unfassbar. Das Schwarze unter Stermanns Fingernägeln wird in japanischen Sexshops als Aphrodisiakum feilgeboten, und vor lauter Erschöpfung schläft Stermann inzwischen wirklich, wenn er mit Frauen schläft! Stermann hat mir gestern seine Groupie-Briefe gezeigt. Die meisten Frauen sind bereit, ihn zu teilen, Zehntausende würden sich sogar mit einer Pore zufrieden geben! Das statistische Zentralamt hat in einer neuen Studie herausgefunden, daß es in Österreich nur mehr 14 Frauen zwischen 16 und 96 gibt, mit denen Stermann noch keinen Körperkontakt hatte. Ein international renommierter Veterinärmediziner hat gestern während eines Kongresses Stermann die Potenz einer ganzen Mammutherde bescheinigt. Stermann befand sich während des Vortrags übrigens unterm Rednerpult und hat gar nicht zugehört, weil er damit beschäftigt war, dafür zu sorgen, dass es in Österreich nur mehr 13 Frauen zwischen 16 und 96 gibt, die noch keinen Sex mit ihm hatten.

Die Urlaubstagebücher von den Malediven

Malediven, 28.12.2000: Liebes Tagebuch! Ich glaube, Stermann muss sterben. Er hat eine Thrombose auf dem Flug hierher bekommen, aber das ist gar nicht das Schlimmste. Auch das Wetter hier ist total schlecht! Stermann liegt im Nebenzimmer und schreit. Was soll ich denn tun? Im Flugzeug hab ich gerufen, „Ist ein Arzt an Bord?", und da haben alle nur betreten zu Boden geschaut, obwohl 200 Ärzte an Bord waren, alle auf dem Weg zu einem Ärztekongress auf den Malediven. Tja, Stermann ist sehr unbeliebt, offensichtlich weltweit. Liebes Tagebuch, ich denke, es ist wohl das Beste, ihn einfach in Ruhe sterben zu lassen. Mein Gott, er schreit, dass die Wände wackeln. Ich selbst sitz gerade gut gelaunt auf einem Trimmdich-Fahrrad und beobachte die Prostituierte, die ich mir als Nacktputzerin auf's Zimmer bestellt hab.

. . . .

Malediven, 28.12.2000: Liebes Tagebuch! Ich habe auf dem Flug hierher eine Thrombose vorgetäuscht und schreie jetzt wie am Spieß, um Grissemann zu ärgern. In wenigen Momenten müsste Grissemanns Trimmdich-Fahrrad ex-

plodieren, ich habe nämlich Sprengstoff in den Sattel geschummelt. Leider hab ich vergessen, wie genau die Geschlechtskrankheit heißt von der Prostituierten, die ich für Grissemann engagiert habe. Irgendwas mit A und vier Buchstaben, keine Ahnung. Ja, ich selbst bereite mich auf meinen ersten Tauchgang vor, indem ich viel Wasser trinke.

. . . .

Malediven, 29. 12. 2000: Liebes Tagebuch! Durch ein kleines Missgeschick, auf das ich nicht näher eingehen möchte, ist mein Gesäß in Mitleidenschaft gezogen worden. Und irgendwie, na ja, mein Immunsystem ist auch nicht mehr das, was es einmal war. Stermann ist heute hier auf den Malediven von einem Aushilfspriester und zwei Neckermann-Menschen begraben worden. Ich konnte leider nicht hingehen, weil ich eine Einladung bekommen habe zu einer Inselrundfahrt auf einem so genannten „Bananenboot".

. . . .

Malediven, 29. 12. 2000: Grissemann ist heute Nackt am Nudistenstrand Bananenboot gefahren. Ein jämmerlicher Anblick! Nur mit Arschfragment am Plastikboot, herrlich! Ich habe ihn mit einem Feldstecher beobachtet. Der Dummkopf Grissemann glaubt ja, ich sei tot. Begraben wurde natürlich nicht ich, sondern die Prostituierte, die heute Morgen an ihren insgesamt zwölf Geschlechtskrankheiten gestorben ist. AIDS war dabei noch die sanf-

teste Geschlechtskrankheit! Ich fliege in wenigen Minuten nach Wien zurück. Grissemann habe ich alle Wertsachen gestohlen, und sein Rückflugticket hab ich mir ausbezahlen lassen. Außerdem wird heute, wenn Grissemann in seinem Zimmer den Lichtschalter bedient, die ganze Bude in die Luft fliegen.

Die Urlaubstagebücher von Teneriffa

Teneriffa, 2.1.2001: Liebes Tagebuch! Wir sind mit dem Flugzeug abgestürzt. Stermann hat dem Piloten trotzdem applaudiert. Mir ist nichts passiert, weil ich mich wie immer in den Flugschreiber eingeschlossen habe, der ja unversehrt bleiben muss, damit man die Ursache eruieren kann. Ich kann den Trick nur empfehlen! Stermann liegt mit schweren Verbrennungen im Krankenhaus. Hab ihn heute Morgen besucht, er brennt noch immer. Ich selbst masturbiere den lieben langen Tag im abgedunkelten Hotelzimmer. Teneriffa ist herrlich!

. . . .

Teneriffa, 3.1.2001: Bin mit dem Krankenhaus hier in Los Christianos äußerst zufrieden. Urlaub ist und bleibt die schönste Zeit im Jahr! Da meine Hände ja eingegipst sind, obwohl die völlig unversehrt sind, musste ich mit dem Kopf die letzten Flammen auf meinem Körper ersticken. Eine herrliche Ruhe ist hier. Meine Mitpatienten im Zimmer sind leider tot. Die Decke wurde ihnen über den Kopf gezogen, und an ihren großen Zehen baumeln kleine Schildchen. So ein kleines Schildchen hängt übrigens auch an meiner Zehe. Bald ist Besuchszeit, wäre nicht schlecht, wenn mich mal ein Arzt besuchen würde!

Dass bei der Visite kein Arzt kam, dafür hab ich Verständnis, da haben die Burschen ja einiges zu tun, die Visite nämlich. Als ich gestern bewusstlos war, hat Grissemann mein Essen und meine Medikamente aufgegessen.

. . . .

Teneriffa, 4.1.2001: Liebes Tagebuch! Habe die ganze Nacht in den Vorhang eingewickelt durchonaniert. Ein wunderschöner Fleck, diese Insel! Habe eine Nachricht von Stermann unter der Tür durchgeschoben bekommen, ich möge ihn doch besuchen kommen. Als hätte ich nichts Besseres zu tun. Ich fahr doch nicht extra nach Teneriffa, um Stermann im Krankenhaus zu besuchen! Nein nein, ich mach mir heute einen schönen Tag im Hotelzimmer. Ich mach's Licht aus, leg mich nackt auf den Bauch in die Badewanne und vergnüge mich dann mit dem Wasserausguss. Ach Teneriffa, Insel des Glücks!

. . . .

Teneriffa, 5.1.2001: Mir ist kalt. Ich wurde mit den drei anderen in einen eiskalten Regalraum geschoben. Brrr! Scheinbar um mich zu wärmen, hat mir ein freundlicher Pfleger die Decke über den Kopf gezogen. Hoffentlich kommt Grissemann mich bald besuchen, hier hol ich mir ja eine Lungenentzündung! Nebenan dürfte eine Tischlerei sein. Ich höre abwechselnd Hobel-, Säge- und Glokkengeräusche, scheinbar ist dort auch eine Kirche. Ach, malerisches Teneriffa, wie lieb ick dir!

Die Winterurlaubstagebücher aus Sankt Moritz

Sankt Moritz, 6. 1. 2001: Liebes Tagebuch! Heute erster Skitag. Habe mich für Stermann sehr geschämt. Aus übertriebener Angst vor einer Lawinenkatastrophe hat sich der pummelige Flachländer drei Bernhardinerhunde um den Körper gebunden. Während Stermann mühsam mit dem Schlepplift den Berg hinaufgezogen wurde, bissen ihm die Vierbeiner in Gesicht und Penis. Blutüberströmt erreichte das deutsche Dickerchen die Bergstation. Hier brach sich mein unsportlicher und völlig untrainierter Kollege beim Schuhe-Zubinden Rückgrat und leider auch Genick. Stermann liegt seit heute Morgen im Tiefschnee, während ich beim Versuch, ein eisiges Brückengeländer abzulecken, mit der Zunge kleben blieb. Die Bergrettung hat mit einer Motorsäge das betreffende Stück aus dem Geländer geschnitten. Angezogen in der Hotelsauna stehend, warte ich darauf, dass sich das Eisenstück von meiner Zunge löst. Ach Sankt Moritz, Perle der Alpen!

. . . .

Sankt Moritz, 6. 1. 2001: Liebes Tagebuch, mir ist kalt. Ich blute, bin bewegungsunfähig und eingeschneit. Die drei Hunde, die ich umgeschnallt habe, haben mich bis zum Schluss in Bauch und Beine gebissen, bis sie vor wenigen Minuten endlich in der extremen Kälte hier oben erfroren sind. Sie haben mir riesige Stücke aus meinem Brustkorb gerissen. Mein Herz liegt offen neben mir. Sonst aber ist Sankt Moritz genauso, wie ich es mir vorgestellt habe: Pistenzauber und Après-Ski.

. . . .

Sankt Moritz, 7.1.2001: Ulkig! Stermann ist mit einer Überlebenschance von nur 95% ins Krankenhaus eingeliefert worden. Ich werde mich persönlich dafür einsetzen, dass die Maschinen abgeschaltet werden. Stermann soll in Würde sterben können. Zuerst muss ich mich aber um mich selber kümmern. Habe die ganze Nacht Laternenpfähle geleckt. Stehe jetzt wie immer in der Sauna und warte, dass der Eisenpfahl von meiner gierigen Zunge fällt. Sobald der Laternenpfahl abfällt, mach ich mich unverzüglich daran, die Kufen des riesigen Snowmobils zu lecken, das auf mich und meine gierige Zunge schon seit Stunden in der eisigen Kälte wartet!

. . . .

Sankt Moritz, 7.1.2001: Liebes Tagebuch, mir geht es so mittelprächtig. Habe mich immerhin mit dem freundlichen Leichenwäscher ganz gut unterhalten. Er hat mir erzählt, dass mich ein merkwürdiger kleiner Mann besuchen wollte, der aber nicht durch die Tür passte, weil er ein Snowmobil vorm Gesicht kleben hatte. Das war wohl Grissemann, die alte Eisenzunge. Heute Morgen wurde mir in einer Alarmaktion ratzekahl alles amputiert, bis auf ein Bein. Ich liege jetzt in einer mit Formalin gefüllten Vase, und eine Horde von Medizinstudenten starrt mich mit Wasser in den Augen an. Wohl noch nie einen Prominenten gesehen, was? Na denn, Ski Heil.

Die Urlaubstagebücher von Mombasa

Mombasa, 1.2.2001: Liebes Tagebuch! Stermann ist an einer Fischvergiftung erkrankt, obwohl er doch ein Mensch ist. Beim Tauchen hat er einen an Ebola erkrankten Kugelfisch geschluckt. Stermann ist bewusstlos und hat in dem restlos überfüllten Krankenhaus leider nur mehr einen Stehplatz bekommen. Die Drecksau macht immer nur Probleme. Schon im Flugzeug, als seine Halsschlagader platzte, da platzte mir der Kragen, und ich habe ihn so lange mit dem Sicherheitsgurt gewürgt, bis die Blutung aufhörte, weil ja kaum mehr Blut im Körper war. Die Foto-Safari, auf die ich mich so lange gefreut hatte, war ein ziemlicher Flop. Das einzige Tier, das mir vor die Linse kam, war das Krokodilledertäschchen der deutschen Touristin, die im Bus neben mir saß. Ach, wildes, ursprüngliches Afrika!

. . . .

Mombasa, 1.2.2001: Liebes Tagebuch, aus Platzmangel kniee ich inzwischen auf einer Urinschüssel in der Intensivstation. Mir sind Fliegen aus den Augen rausgeflogen. Ich habe Angst. Und seit Stunden beobachte ich einen meterlangen Wurm, der aus meiner Nase kommt. Mein Vertrauen in die Ärzte wächst nicht unbedingt, seit ein österreichischer Mitpatient von mir an einem verstauchten Fuß verstorben ist. Ein unfreundlicher nackter Pygmäe ist der Oberarzt hier. In der Urinschüssel liegen übrigens fünf blutende Ratten, die mit letzter Kraft an meinen Knien nagen. Etwas unangenehm ist mir mein Kot, der mir unkontrolliert aus dem Hintern fällt, leider direkt auf den schönen Dutt der Witwe meines verstorbenen österreichischen Mitpatienten.

. . . .

Mombasa, 3.2.2001: Liebes Tagebuch! Habe heute am Frühstücksbüffet im Hotel eine schwarz gekleidete österreichische Seniorin mit stinkenden Haaren kennen gelernt. Dieser ekelhafte Geruch hat mich irgendwie an Stermann erinnert. Hoffentlich stirbt er nicht. Diese ganze Bürokratie rund um die Überstellung der Leiche würde mich total nerven. Dass sich dieser unhöfliche Germane nicht nach meinem Wohlbefinden erkundigt, war ja vorauszusehen. Ich habe mich übrigens verliebt, in die bezaubernde Frau eines Massai-Kriegers. Wir wollen Kinder jagen und Tiere kriegen.

. . . .

Mombasa, 3.2.2001: Oh Gott! Habe gerade von der TUI-Reiseleitung erfahren, dass Grissemann mit mehreren Speeren im Bauch neben einer afrikanischen Hütte in einem Wasserloch gefunden worden ist. Angeblich hat sich eine Frau gegen seine plumpen Anmachsprüche zur

Wehr gesetzt. Er ist schwer verletzt des Landes verwiesen worden. Ich selber bin wieder gesund, nachdem mir ein Exorzist einen geriebenen Pavian-Penis in die Hirnanhangdrüse gespritzt hat. Ich bin quietschfidel und freue mich über meine Dauererektion.

Die Urlaubstagebücher von Rhodos und Duisburg

Rhodos, 1. 8. 2001: Liebes Tagebuch! Während ich mich im Flugzeug übergeben habe, hat mein chinesischer Sitznachbar einen so köstlichen Witz gemacht, dass ich während des Kotzens laut lachen musste. Es handelte sich um einen politisch korrekten, sexistischen Witz, den ich als Linker in meinem Tagebuch leider nicht wiedergeben kann. Das Flugzeug landete mit 46-stündiger Verspätung, weil wir an den Grenzen lange warten mussten. Mein lieber arbeitsuchender chinesischer Mitpassagier flog übrigens gleich von Griechenland in die Schweiz weiter, weil er so viel von *Job SUI* gelesen hat. Im Shuttlebus bekam ich weder einen Sitz- noch einen Stehplatz. Freundlicherweise durfte ich aber huckepack auf den Schultern des Busfahrers Platz nehmen. So war die Fahrt sehr schön, aber auch sehr lang. Im Prospekt hatte ja schon gestanden, „Das Hotel liegt etwas außerhalb". Dass es allerdings im Landesinneren von Albanien liegt, damit war nicht zu rechnen. Egal, ich mach's Beste draus! Bis morgen, liebes Tagebuch.

. . . .

Duisburg, 1. 8. 2001: Ich habe vom Fremdenverkehrsamt Duisburg einen Blumenstrauß bekommen, weil ich der erste Nachkriegstourist bin. Bin im Stadthotel Hotel Stadt Duisburg untergebracht, das nur nachts als Hotel benutzt wird. Tagsüber wird hier in riesigen Fässern Stahl gekocht. Das Fremdenverkehrsamt hat mir freundlicherweise ein Besichtigungsprogramm zusammengestellt. Als einziger Programmpunkt ist vorgesehen, dass ich morgen das Fremdenverkehrsamt besichtige. Im Werbeprospekt Duisburgs (eine DIN-A5-Seite) sind zwei Abbildungen zu sehen: eine Eisenstange und das schöne Tuberkuloseheim, das im Volksmund hier „Hustensaft" genannt wird. Die Sehenswürdigkeiten sind doch eher rar gesät. Vielleicht hätte ich doch nicht gleich sechs Wochen Duisburg buchen sollen.

. . . .

Rhodos Tirana, 2. 8. 2001: Trotz Reservierung ist mein Hotel leider überbucht. Habe die letzte Nacht auf den Schultern eines mongoloiden Küchenjungen geschlafen, der, während ich schlief, die Küche putzte. Ich fühl mich irgendwie gerädert. Nicht zuletzt weil mehrere Kakerlaken in meine Ohren gekrochen sind und sich dann durchs Trommelfell gefressen haben. Zum Frühstück gab es Innereien. Ich fürchte menschliche, weil an einigen noch Kleidungsfetzen klebten. Weil es im gesamten Hotel kein Wasser gibt, hat der freundliche, aber strenge

Hotelmanager mir dreimal ins Gesicht gespuckt. Er sagte: „Dusche und Trinkwasser zugleich!“. Na ja, andere Länder, andere Sitten! Sieben Mitglieder meiner Reisegruppe haben sich mit ihren Schnürsenkeln erwürgt. Wir übrig gebliebenen kauern jetzt gerade nackt in einem abgedunkelten Keller und warten darauf, dass der Urlaub endlich zu Ende geht. Ich überlege ernsthaft, mich eventuell beim Reisebüro in Wien zu beschweren.

. . . .

Duisburg, 2. 8. 2001: Durch das Stahlkochen in meinem Hotel ist es in meinem Zimmer so heiß, dass sich mein Briefpapier ständig von allein entzündet. Ich selber bin mit Brandblasen übersät. Der durchschnittliche Duisburger sieht aus wie Niki Lauda. Ich wollte heute mal in die Natur, raus ins Freie. Der freundliche Hotelbesitzer hat mich in sein Büro geführt, wo ein Zimmerkaktus steht. Dort saß ich gemütlich den ganzen Tag auf einer Decke, mit Picknickkorb. An der Wand hängen als Zierde Röntgenbilder von lungenkrebskranken Mitarbeitern des Hotels. Draußen regnet es seit Jahren in Strömen. In den Lacken sitzen hustende Kinder. Ich denke oft an Grissemann und seinen Traumurlaub in Griechenland.

Die Österreich-Urlaubstagebücher

Velden am Wörthersee, 4. 8. 2001: Habe heute Grissemann mit Hannes Jagerhofer bekannt gemacht. Als Jagerhofer „Servus!" sagte, bekam Grissemann Krebs und fiel übersät mit eitrigen Metastasen von der Tribüne direkt in den heißen Sand des Beachvolleyball-Turniers. Ein aufmerksamer Platzwart, der genauso aussah wie die herzensgute Oma von Adolf Hitler, hat ihn sofort mit Fußtritten neben die Außenlinie befördert, sodass das interessante Spiel nicht unterbrochen werden musste. Wir anderen Prominenten regten uns über Grissemann so auf, dass wir ihm die Chemotherapie verweigerten. Ich selbst erlebte noch einen wunderbaren Abend im Kreise meiner Liebsten, der Riess-Passer Susi, dem Westenthaler Pezi, dem Jagerhofer Hannes und dem Antel Franzi. Wir kürten ein Mädel aus dem Gurktal zur „Miss Deutschland" und tranken so viel, bis dem Antel Franz so schlecht war, dass er aussah wie die Riess-Passer Susi! Als dem braun gebrannten Solarien-Pezi einfiel, dass wir den Grissemann Christoph im siedendheißen Sand vergessen hatten, da mussten wir noch bis spät in die Nacht in den schönen Kärntner Himmel lachen.

. . . .

Velden, 4. 8. 2001: Liebes Tagebuch! Ich kann viel aushalten, aber was zu weit geht, geht zu weit. Stermanns Anbiederung an die Kärntner Ekel-Schickeria lässt mich verzweifeln. Für die Ausgabe der Kärntner Kronenzeitung ließ er sich nackt mit dem Kärntner Landeshauptmann und dem Schlagersänger Al Bano beim Kasnudelkochen fotografieren! Heute Morgen wurde ihm die goldene Ehrennadel Kärntens verliehen. Seitdem jagt er sich stündlich mit dieser Nadel Koks in die Venen. Stermann liegt gerade nebenan in seinem Wasserbett und penetriert lautstark den Trompeter der Kastelruter Spatzen. Dazu grölen beide im ekstatischen Vollrausch „Hey Baby“ von *DJ Ötzi.* Ich halt das alles nicht mehr aus und ernähre mich nur noch von Antidepressiva. Ich war Pilze und Beeren sammeln, um mich abzulenken. Plötzlich hatte ich, als ich dachte, einen schönen Knollenblätterpilz fürs Giftterrarium gezogen zu haben, den Riechkolben der Riess-Passer Susi in der Hand! Und da sprangen sie alle aus dem Dickicht hervor, der Antel Franzi, der Lauda Niki, der Jürgens Udo, der Retzer Otto und der Hinterseer Hansi. Ich flüchtete ins Hotelzimmer und stellte sofort einen achtseitigen Antrag auf Abschiebung aus Österreich. Meinetwegen können sie mir auch Mund und Nase zukleben, ich atme wenn nötig auch aus den Ohren, Hauptsache raus aus Österreich!

. . . .

Velden, 5. 8. 2001: War heute mit dem Antel Franz und dem Jagerhofer Hannes im Kärntner Landestheater. Wir haben den Antel Franz, um ihn zu ärgern, mit dem Leichenwagen abgeholt. „Thomas Bernhards Heldenplatz" hieß die Indoor-Show, die sie dort gaben. Nur ein Riesenflop. Kein Schaum, kein Sand, keine Weiber und kein Schampus. Und die Schauspieler sind auf der Bühne noch nicht einmal im Go-Kart gesessen! Völlig zu Recht hat Jörg Haider am Ende niemandem auf der Bühne einen Pokal überreicht. Wir hatten trotzdem unseren Spaß. Wir soffen Red Bull mit Wodka und Red Bull, jeweils zu einem Drittel, eine Kreation vom Jagerhofer Hannes. In der Nachbarloge saß Grissemann, zusammen mit Helmuth Karasek vom Literarischen Quartett, seinem alten Kumpel. Der 131-jährige Antel Franz kletterte rülpsend rüber und fragte, ob man in dieser „Scheißbude hier" vielleicht Szegediner Krautfleisch kriegen kann, als Catering für die After-Show-Party im Leichenwagen. Kaum erblickte Grissemann meinen alten Freund Antel, bekam er so hohes Fieber, daß Antel ihn gleich als Warmhalteplatte mit in den Leichenwagen nahm!

. . . .

Velden, 5. 8. 2001: Liebes Tagebuch! Mein Abschiebungsantrag ist abgelehnt worden. Nach Genua ins Gefängnis darf ich auch nicht. Ich muss hier bleiben, in Österreich. Bald wird Hannes Jagerhofer Bundespräsident sein. „Es muss ja nicht immer ein alter

Mensch sein“, hat Susanne Riess-Passer gesagt. Aber wenn man mich fragt, wär's auch ganz schön, wenn's wenigstens ein Mensch wäre. Stermann kuschelt gerade mit zwei SS-Veteranen, die er bei einer Mister-Universum-Wahl kennen gelernt hat, wo sie als Scherzkandidaten für Lacher sorgen sollten. Stermann fühlt sich hier in Kärnten pudelwohl. Mit seinen beiden Liebhabern plant er einen geilen Beach-Bücherverbrennungs-Event. Die Welt ist am Zugrundegehen, liebes Tagebuch. Ich versuche, dich vor den Flammen zu retten.

Die Songcontest-Tagebücher

12.10.2001: Habe Grissemann vor vier Tagen das letzte Mal an der Bar gesehen. Steh seitdem alleine hier am Tresen und vertreibe mir das Warten durch stilles, ausgeklügeltes Trinken. Aber das „Ausgeklügelte" funktioniert nicht so recht: Fürchte, ich bin sturzbetrunken und somit ein willfähriges Opfer unzähliger Manager, Blumenverkäufer und Versicherungsvertreter. Da sich bei mir alles dreht, unterschreibe ich jeden Zettel sofort, damit die Herren weggehen. Ein ganzer Stapel von mir unterzeichneter Verträge liegt vor mir in einer Bierpfütze.

. . . .

14.10.2001: Stermann hat zwei Hanggrundstücke gekauft und einen ausrangierten Sessellift, eine Palette Rentierschinken, vier Abos für die „Furche" und einen mobilen Obststand. Ich hätte ihn nicht alleine zurücklassen sollen, er verträgt nichts, und betrunken ist es immer dasselbe mit ihm. Am erstauntesten aber war ich, dass ich seine und meine Unterschrift unter einem Plattenvertrag fand. Er hat meine Unterschrift gefälscht. Scheinbar müssen wir beide beim Songcontest antreten. Stermann ist wahnsinnig! Laut meinem Anwalt haben wir keine Chance, aus dem Vertrag auszusteigen. Nüchtern tut's Stermann jetzt natürlich leid. Er hat am Telefon die Plattenfirma *Universal* angejammert und angefleht, aber die haben nur gelacht. Stermann wollte sich so wie George Michael „slave" auf die Wange schreiben. Er war aber wieder betrunken. Jetzt steht mit Kajal geschrieben auf seiner Wange „Slawe". Ich freu mich schon, wenn er mit seiner Wange in Kärnten auftritt!

. . . .

29.10.2001: Wir waren heute das erste Mal im Studio. Das RIAS Rundfunkorchester *und das* Alban-Berg-Quartett *warteten dort, um mit uns unseren Songcontest-Beitrag aufzunehmen. Wir selber wurden von Universal-Manager Walter Groebchen in einem von innen und außen versperrten Auto hingebracht, selbstredend gegen unseren Willen. Aber niemand hörte unsere Hilfeschreie. Als wir im Studio eintrafen, schauten uns die Damen und Herren Musiker erwartungsvoll und gleichzeitig angewidert an. Schamesrot mussten wir zugeben, dass wir weder Musik noch Text hatten. Universal-Manager Walter Groebchen behandelte uns daraufhin seinem Nachnamen entsprechend. Mit glühenden, brennden Wangen bemühten wir uns um Deeskalation. Damit nicht alle umsonst gekommen waren, schlugen wir vor, einfach „Wir lagen vor Madagaskar und hatten die Pest an Bord" zu singen, auch weil uns das textlich zum Songcontest passend schien. Noch während der Aufnahme rief das*

ORF-Songcontest Büro an, um uns zu disqualifizieren, weil es das Lied angeblich schon gibt. „Ja, natürlich gibt's das schon", versuchten wir uns zu rechtfertigen. „Sollen wir etwa mit einem Lied antreten, das es gar nicht gibt? Luftgitarre oder was?" Wir brachen die Aufnahmesession also ab und betranken uns stattdessen mit den Trompetern des RIAS Rundfunkorchesters. *Sie bescheinigten uns beim Trinken weit mehr Talent als beim Singen.*

27.11.2001, 15:32 Uhr: Haben heute im Tanzquartier mit einem Ausdruckstänzer unsere Choreographie geprobt. Er verlangt von uns, dass wir uns in einer Affengeschwindigkeit über den Boden rollen. Nackt. Ich habe Prellungen und unzählige Quetschungen, weil ich so oft gegen die Betonwände gekracht bin. Ich frage mich, wie wir bei dieser durchgeknallten Choreographie auch noch singen sollen. Vielleicht singen wir aber auch gar nicht, sondern rollen ganz einfach nach Estland. Scheiß auf Rock. Rollen reicht.

. . . .

27.11.2001, 22:12 Uhr: Haben Stermann gerade ins Spital gefahren. Er ist bei der Tanzprobe mit dem Gemächt in eine Steckdose gerast. Das ist es doch alles nicht wert. Der behandelnde Urologe war sehr freundlich. Bis er hörte, dass wir beim Songcontest auftreten wollen. Er wandte sich angeekelt von Stermann ab und ließ ihn allein auf der Bahre zurück. Ich hab ihm einfach Aspirin gegeben, scheint aber wenig zu nützen. Eben war er pinkeln, und plötzlich war das Klo von innen beleuchtet. Stermann pinkelt reines Volt. Was soll's, er wollte ja unbedingt zum Songcontest.

. . . .

12. 12. 2001: Enge Freunde, die es immer gut mit uns meinen, haben einen Pfarrer und einen Notarzt geschickt, um uns umzustimmen. Der Pfarrer hat uns Fotos und Tonmitschnitte der letzten Jahre vom Songcontest vorgeführt, um uns von unserem „furchtbaren" Vorhaben abzubringen. Er hat zwei Liter Messwein mitgebracht, um uns zu bestechen, und als das nicht wirkte, gab uns der Notarzt Spritzen in den Kopf. Es ist rührend, wie sehr man sich um uns sorgt. Ärgerlich allerdings finde ich es, dass meine Spritze noch immer in meinem Kopf steckt. Wie sieht das denn aus!

. . . .

12. 12. 2001: Stermann wurde auf der Straße von einer alten, boshaften Frau und ihrem Dackel ausgelacht. Er hat die fixe Idee, dass der Songcontest seine letzte Chance ist. Ich allerdings glaube eher, dass es für mich die beste Chance ist, mich von dem durchgeknallten Ruhrpottaffen endlich zu trennen. Es dürfte spätestens nach dem ersten März kein Problem sein, ihn entmündigen zu lassen. Ich bin dann fein raus, und er wird eingeliefert.

. . . .

15.12.2001: Endlich geht es aufwärts. Wir haben einen Text. Gestern hatte man uns gebucht für eine Heizdecken-Verarschungs-Verkaufsveranstaltung als Heizdecken-Verarschungs-Verkaufsveranstaltungs-Moderatoren für Seniorinnen. Wir sind mit 25 Sudetendeutschen-Omas mit dem Bus nach Brünn gefahren. Dort gab es für jede Omi in einer ungeheizten Holzbaracke ein Glas wässrige Limonade und ein Stück alte Wurst. Dafür musste jede von ihnen fünf Heizdecken kaufen, 99 Euro das Stück. Zurück mussten sie per Anhalter fahren, die Heizdecken umgehängt. Wir zwei bekamen pro Arsch und Nase 1.000 Euro Gage. Weil wir neu in der Heizedecken-Branche sind, wussten wir nicht so genau, was wir mit den frierenden Sudetenomas anstellen sollen. Da hatten wir die gute Idee, jede von ihnen einen Liedtext für den Songcontest schreiben zu lassen. Die mit dem besten Text bekam als Siegerin von uns die einzige funktionstüchtige Heizdecke. Die meisten Texte waren unbrauchbar, für manche wären wir spätestens in Tallinn wegen Wiederbetätigung eingesperrt worden. Wir entschieden uns schließlich für „Das schönste Ding der Welt" von der 83-jährigen Hertha Äpfelchen, einer gemütlichen Asthmatikerin, die früher einmal Gefängniswärterin in Graz-Karlau war. Hertha Äpfelchen ist sehr verwirrt und benimmt sich sehr kindisch. Sie entwickelt sich geistig und körperlich rapide zurück Richtung embryonale Phase. Das spürt man ihrem Text an, und deshalb fiel uns die Wahl auch leicht. Jetzt sind alle zufrieden: die Heizdecken-Verarschungs-Veranstalter, Frau Äpfelchen mit ihrer funktionierenden Heizdecke und wir mit einem Text für unseren Songcontest-Beitrag.

Die *Radio Eins*-Tagebücher

7.1.2002: Ich weiß nicht, wie lange mein Körper die Arbeit bei *Radio Eins* noch aushält. Habe mittlerweile über 50° Fieber. Im Funkhaus wurde ja aus Kostengründen noch nie geheizt, das sind wir alle gewöhnt. Aber seit einigen Tagen hat der Chef die Redaktionsräume auch noch an eine Metzgerei als Tiefkühlhalle vermietet. Minus 12°! Auf den Schreibtischen gefrorene Schweinehälften. Anfänglich haben wir gedacht, dass die Mieteinnahmen vielleicht uns Mitarbeiter zugute kommen, aber Pustekuchen. Über Megaphon hat der Chef verkündet, dass wir das Geld brauchen, um die immer noch zu hohen Heizkosten einzudämmen.

. . . .

7.1.2002: Habe mich sehr erschrocken, als im Studio ein Bison vor mir stand. War aber nur Cheftechniker Redlich, der sich für 12.000 Euro einen warmen Fellmantel aus acht Bisons hat anfertigen lassen. Unser Chef Lehnert trägt einen wärmenden Ganzkörperanzug, der aus den Wimpern von 24.000 Schneehasen hergestellt wurde. Das soll das Beste sein, was es auf dem Extremklamottenmarkt zur Zeit gibt! Alle anderen von uns mussten unsere Wintermäntel und -jacken in einer großen PR-Aktion der

Afghanistan-Hilfe spenden, auch Pullover und lange Hosen. Wir arbeiten alle halb nackt und versuchen, uns mit Schreibmaschinen zu wärmen. Das hat doch alles mit Radio-Machen im herkömmlichen Sinne nichts zu tun.

. . . .

8. 1. 2002: Liebes Tagebuch! Die Zustände bei *Radio Eins* sind eines öffentlich-rechtlichen Senders nicht würdig. Nach der Vermietung der Redaktionsräume an eine Metzgerei als Tiefkühlhalle ist das Arbeiten für uns alle unerträglich geworden. Ein Kollege der Wetterredaktion wurde in der Früh von einer herunterfallenden Rinderhälfte erschlagen, und Stermann hat sich an einem messerscharfen Eiszapfen die Halsschlagader verletzt. Sein Blut tropfte auf eine Kiste mit Rippchen. Laut Cheftechniker Redlich, dem hinterhältigen Erfüllungsgehilfen von Senderchef Lehnert, muss Stermann jetzt die Rippchen ersetzen. Ich selber wurde von einem Metzgerlehrling zu den Wildschweinen gehängt. Ich hatte einfach keine Kraft, mich zu wehren. Die Nachrichtensprecher konnten die Nachrichten nicht verlesen, denn die Lippen waren ihnen zugefroren.

. . . .

8. 1. 2002: Endlich kann ich wieder sehen! Grissemann hat mir mit einem Eiskratzer die Augen freigemacht. Aber der Anblick meiner verdienten Kollegen macht mich traurig, wie sie da blau gezittert zwischen Hunderten von gefrorenen Tieren kauern. Mehrere Kollegen werden vermisst, wahrscheinlich liegen sie unter dem Riesenberg Gänse. Ich bin froh, dass ich einen Bekannten beim Privatradio habe. Ich habe ihn in seinem Sender angerufen, und er hat seinen Hörer ganz dicht an die Zentralheizung bei ihnen gehalten. Ich hatte wirklich das Gefühl, dass es warm aus dem Hörer bläst! Aber so wie es aussieht, haben wir das Schlimmste noch vor uns. Der Chef verhandelt gerade mit einer Firma, die Embryonen einfriert. Wenn die mehr zahlen als der Metzger, dann wird's wirklich hart. Embryonen werden bei minus 100° aufbewahrt! Das hat doch alles mit Radio-Machen überhaupt nichts mehr zu tun.

. . . .

9.1.2002: Um Werbekunden zu zeigen, dass Werbung auf *Radio Eins* funktioniert, wurden alle Mitarbeiter verpflichtet, sämtliche Produkte zu kaufen, für die bei uns geworben wird. Zu diesem Zweck hat ein privater Kreditvermittler ein eigenes Büro bei *Radio Eins* bezogen. Außerdem wird uns ein Makler beraten, wie wir halbwegs günstig an Lagerhallen kommen. Wir brauchen ja sehr viel Platz für all die Produkte. Stermann, der Schleimer, hat bereits die gesamte Produktpalette der gestrigen Werbeblöcke gekauft! Dafür hat er vom Senderchef Lehnert einen goldenen *Radio-Eins*-Aufkleber bekommen. Ich hab noch nichts und bekam deshalb heute früh von Cheftechniker Redlich ein Ohrfeigengewitter und einen *Radio-Eins*-Einkaufskorb, mit dem ich sofort nach der Arbeit los muss. Mensch, das hat doch alles mit Radio-Machen überhaupt nichts mehr zu tun!

. . . .

9.1.2002: Ich freu mich aufs Wochenende, weil da keine Werbung läuft. Dann kann ich endlich in Ruhe Lagerhallen besichtigen. Ich bin auch froh, dass ich nicht bei Sat 1 *arbeite oder* Pro 7*, da wär ich ja nach einem Werbeblock schon pleite! Obwohl der freundliche Kreditvermittler uns allen diese Angst nimmt. Geld bekommen wir unbegrenzt von dem netten Goldkettchenträger, im Verhältnis 1:2. Er gibt uns einen Euro, und wir geben ihm 2 zurück. Das sei, so sagt er, genauso wie mit Mark und Euro, da würden wir uns schon dran gewöhnen. Man muss in seiner Arbeit eben flexibel sein. Grissemann, die faule Sau, kümmert sich nur um die Sendung. Als käme es darauf an! So bekommt er nie einen goldenen Radio-Eins-Aufkleber!*

. . . .

10.1.2002: Unsere Presseausweise wurden eingezogen und gegen Kundenkarten getauscht. Die Kollegen fahren nur noch Einkaufswagen durch die Redaktionsräume. Chef Lehnert ist sehr zufrieden mit seiner Idee, Werbung auf *Radio Eins* für die Firmen und Agenturen dadurch interessant zu machen, dass alle Mitarbeiter sämtliche Produkte kaufen, für die auf *Radio Eins* geworben wird. Die Büchersendung hat alle Bücher aus den Regalen entfernt und stattdessen Hunderte von Prospekten eingeordnet. Cheftechniker Redlich überprüft alle Kassenbons und Rechnungen für eingekaufte Waren. Er zieht diese Quittungen ein, damit *Radio Eins* sie von der Steuer absetzen kann. Der Sender rechnet auf diese Weise mit einer Steuerrückzahlung von mehreren Millionen. Für uns Mitarbeiter ist das eine schwierige Zeit. Während der Arbeit müssen wir zum Sender-Kredithai, nach der Arbeit müssen wir einkaufen gehen und nachts zur Schuldner-Beratung. Das hat doch alles mit Radio-Machen gar nichts mehr zu tun.

. . . .

10. 1. 2002: Ich habe gerade eben eine furchtbare Information bekommen. In der nächsten Woche gibt es 15 Werbespots für Lastkraftwagen und 23 Einschaltungen für Fertigteilhäuser! Das schaff ich nicht. Ich hab auf Knien vor Cheftechniker Redlich gekniet, dem Handlanger des Chefs, ich habe gefleht, ich habe gejammert! Er hat mir eine Ohrfeige gegeben, aber mir schließlich doch erlaubt, dass ich das Suppengemüse, das im Moment beworben wird, nicht kaufen muss. Ein schwacher Trost nur, aber immerhin.

. . . .

11. 1. 2002: Gestern waren Betriebsratswahlen bei *Radio Eins*. Stimmberechtigt waren der Chef Lehnert und Cheftechniker Redlich. Gewählt wurde Cheftechniker Redlich, weil der Chef sich nicht selbst gewählt hat. Wir anderen Mitarbeiter haben erst kurz nach Schließung der Wahllokale erfahren, um was es überhaupt geht. Stermann und ich waren gerade dabei, eine neue Senkgrube für das Angestellten-Plumpsklo auszuheben, als unser neuer und alter Betriebsratsvorsitzender Redlich uns das Wahlergebnis kundgetan hat. Er zwang uns, unter einer Ohrfeigengewitterandrohung, ihm zu gratulieren. Dann pinkelte er in unsere frische Senkgrube, was wir mit einem „Vielen Dank, Herr Obertonmeister!" quittieren mussten.

. . . .

11. 1. 2002: Grissemann und ich müssen heute schon den ganzen Tag den hinterhältigen Cheftechniker Redlich mit einer Gewerkschaftssänfte über das Radiogelände tragen. Ich kann kaum mehr, denn neben Redlich sitzt seine neue Flamme, die 150 Kilogramm schwere neue Sekretariatsangestellte Frau Böllermann. Die ist eigentlich untragbar. Er will bei ihr offenbar Eindruck schinden und schindet doch nur uns! Obertonmeister Redlich hält einen orangefarbenen Radio-Eins-*Palmenwedel in der Hand. Die jungen Kollegen von Radio Fritz von gegenüber starren die ganze Zeit ungläubig zu uns herüber.*

Na wartet nur, ihr kommt auch irgendwann noch zum Erwachsenenradio! Aber es stimmt schon, mit Radio-Machen im eigentlichen Sinn hat das alles nichts mehr zu tun.

. . . .

12.1.2002: Eben war der Betriebsarzt da. Wir haben uns alle wie die Tiere auf die Medikamente gestürzt. Aus Kostengründen wurde ja schon vor Monaten die Kantine geschlossen. Der Betriebsarzt hat versprochen, Karlheinz Böhm von uns zu berichten, vielleicht kann der mal irgendwelche Hilfsgüter abzwacken. Weil sich vor zwölf Tagen ein entkräfteter Kollege bei dem Wort „Bruttosozialproduktsteigerung" fast versprochen hätte, haben wir alle seit damals Stubenarrest. Zwölf Tage ohne richtige Nahrung, denn Büroklammern kann man ja wohl kaum als ausgewogene Ernährung bezeichnen! Der Hunger nagt an uns, dieses kleine, fette Hundebiest von Cheftechniker Redlich, ein Rauhaardackel. Hat Obertonmeister Redlich ihn „der Hunger" genannt, um sich lustig über uns zu machen? Dieser Köter knabbert jedenfalls ständig an uns herum. „Wahrscheinlich, weil ihr nur noch Haut und Knochen seid!" hat der Chef gesagt. Stermann, der völlig abgemagert ist, wurde gestern von Cheftechniker Redlich in ein Waldstück geschmissen, und der Hunger lief ihm freudig nach. Mensch, das hat doch alles mit Radio-Machen gar nichts mehr zu tun!

. . . .

12.1.2002: Beim Betriebsarzt wurde festgestellt, dass die Waage mehr wiegt als ich. Bei offenem Fenster muss ich ans Mikrofon angebunden werden, um nicht wegzufliegen. Und ich gehöre noch zu den körperlich robusteren Mitarbeitern bei Radio Eins! *Nach einem langen Gespräch mit dem Betriebsarzt hat Chef Lehnert zugestimmt, dass für uns die Kantine kurz geöffnet wird. Feierlich entfernte der Chef die schwere Eisenkette von der Tür und öffnete kurz die Tür. Dann knallte er sie schnell wieder zu und hängte die Kette wieder davor. Ich muss jetzt schließen, liebes Tagebuch, denn es ist wieder Sprechertraining. Seit zwölf Tagen üben wir alle immer wieder im Chor das Wort „Bruttosozialproduktsteigerung". Wenn sich auch nur einer ein einziges Mal dabei verspricht, kommen wir alle hier nie mehr raus, hat Obertonmeister Redlich gesagt und sich genüsslich die Currywurst reingeschoben.*

. . . .

13.1.2002: Liebes Tagebuch! Ich bin noch immer schweißgebadet, und mein Puls will sich nicht beruhigen. Aber wir haben es geschafft. Heute morgen hat uns Cheftechniker Redlich über Megaphon eine neue Anweisung von Senderchef Lehnert durchgegeben: die 70 Mitarbeiter von *Radio Eins* wurden aufgefordert, jeden einzelnen Jugendlichen in Berlin und Brandenburg innerhalb von acht Stunden zu interviewen. „Der Chef will keinen einzigen Menschen unter 18 sehen, dem kein Mikrophon vor die Schneuzrübe gehalten wird!" brüllte Obertonmeister Redlich. 985.000 Interviews in acht Stunden im ganzen Sendegebiet! Stermann und ich haben das gesamte deutsch-polnische Grenzgebiet übernommen. Wir haben so geschwitzt, dass die Ureinwohner dort dachten, es hätte wieder einen Oder-Neiße-Dammbruch gegeben!

. . . .

13.1.2002: Ich will nie mehr in meinem Leben einen Jugendlichen sehen! Der Chef hatte uns instruiert, dass wir mit den Jugendlichen auf du und du sein müssen. „Denkt ans Image, die müssen glauben, ihr seid die coolsten Säue des Landes!" hatte er gesagt. Nun, das Durchschnittsalter von uns Radio-Eins-*Mitarbeitern liegt bei 52,4. Viele von uns sind unfruchtbar und haben keine jüngeren Geschwister. Wie sollen wir da wissen, wie man mit Jugendlichen einen gemeinsamen Nenner findet? Grissemann und ich haben heute, um uns einzuschleimen, mehrere hundert Pillen geschluckt und fast 5.000 Joints geraucht. Dazu hat jeder von uns etwa 900 Liter getrunken, Bier und Schnaps. Wir haben uns gegenseitig mehrmals den Magen auspumpen müssen, wegen den vielen* N'Sync-*Platten, die wir uns anhören mussten. Liebes Tagebuch, das hat doch alles mit Radioarbeit praktisch gar nichts mehr zu tun!*

10 Jahre *NEWS*-Verbot

17.4.2012: Bin im Kabarettlokal Spektakel vor nur vier Leuten aufgetreten, obwohl doch fünf auf der Gästeliste standen. Die vier waren mein Vater, meine Mutter, mein Bruder und sein Bruder, also mein Bruder (meine Brüder). Also meine Eltern und meine beiden Brüder waren da. Ich bin solo aufgetreten, weil Stermann wieder wegen Mundraub im Gefängnis sitzt. Er hat wieder Knäckebrot gestohlen. Unser Hunger wird immer schlimmer, seitdem NEWS *uns ignoriert. Ich hab mir meinen Magen operativ verkleinern lassen. Erfolglosigkeit kann man leider nicht fressen. Ach Scheiße, ohne* NEWS *bin ich rein gar nichts mehr.*

. . . .

18.4.2012: Habe mich gestern hier in der Haftanstalt in der Dusche einem 63-jährigen Wärter zur Verfügung gestellt, der mich noch vom Fernsehen und von *NEWS*, von früher, kannte. Habe danach meine täglichen Bittbriefe an die Fellner-Brüder geschrieben. Lege die Briefe hier meinem Tagebuch bei. „Lieber Wolfgang und der andere Fellner! Ich liebe Sie, und ich halte Ihre Zeitschriften für die besten im gesamten deutschsprachigen Raum. Ich sende Ihnen eine Polaroid-Aufnahme, die mich in der Dusche mit einem 63-jährigen Wärter zeigt. Ich bin der, der sich bückt, und war, bevor Sie Auftrittsverbot verhängt haben gegen uns, einer der größten im Geschäft. Sie dürfen als Bildunterschrift schreiben, was sie wollen, aber schreiben Sie bitte bitte was!"

. . . .

19. 4. 2012: Habe mit Entsetzen festgestellt, daß ich jetzt nicht mal mehr in der Liste der 5.000 wichtigsten Kabarettisten Österreichs bin! Meine Mutter hat mich beim letzten Besuch nicht reingelassen. Sie hat mich vom Balkon aus bespuckt und gerufen: „Über dich Trottel steht in NEWS *nichts, du bist nicht mehr mein Sohn!" Ich bin völlig am Ende. Ich krieg keine U-Bahn-Fahrkarte mehr, hab überall Lokalverbot, darf nicht in den Zoo, alle Frauen lachen über mich, und die vereinigten Friedhöfe Wiens haben mitgeteilt, dass sie bei meinem Ableben mich nicht bestatten werden. Selbst der Friedhof der Namenlosen macht da mit. Ich hätte nie gedacht, dass* NEWS *so viel Macht hat. Dabei hab ich doch alles versucht! Ich hab mich mit versteckter Kamera im Puff fotografiert, hab Koksdealer bestochen, dass sie* NEWS *gegenüber eidesstattlich aussagen, mich zu beliefern, hab eine Fotomontage gebastelt, auf der ich Jörg Haider auf den Mund küsse! Nicht mal die haben sie gedruckt. Die wollen mich offensichtlich fertig machen, mich buchstäblich totschweigen.*

. . . .

20.4.2012: Heute ist Hitlers Geburtstag. Ich habe mich als Adolf Hitler verkleidet und mit einem Champagnerglas fotografieren lassen. Das Foto schickte ich an NEWS, samt Bildunterschrift „Irre! Führer lebt und feiert groß! Adolf Hitler lebte jahrelang unerkannt in Österreich und machte unter dem Pseudonym Dirk Stermann große Karriere im ORF. Unglaublich, aber wahr: Adolf Hitler bekam vor zehn Jahren den *Salzburger Stier!*" Auch diese Geschichte wurde nie gedruckt. Ich bin ratlos und verzweifelt, und trotte in diesem Moment in die Dusche, wo mein 63-jähriger Freund auf mich wartet. Er ist der Einzige, der mich noch wahrnimmt und berührt. Wenn auch nicht mit seinen Händen, so doch mit seiner heißen Leibesmitte. Ich giere nach Zärtlichkeit und öffentlicher Anerkennung.

Die geheimen Tagebücher von Hansjörg Jäkle

Bischofshofen, 22. 12. 1999: Beim Training heute gestoppte sechs Sekunden zu spät vom Schanzentisch. Mit anderen Worten, einfach runtergeplumpst. 5 m tief aber nur 0,5 m weit, kein Telemark, Noten zwischen 0 und 0.0. Bundestrainer Rudolf Hess hat gelacht, als ich im Schnee lag. Das Schwein hasst mich, er hat mit der Fahne gewunken, als gerade Orkan Lothar von allen Seiten kam. In der Nacht mit Wille Kantee geschlafen und dabei an Miyahira gedacht.

. . . .

Garmisch-Partenkirchen, 23. 12. 1999: Habe heute Morgen vor der Qualifikation mit Miyahira geschlafen, aber dabei an Wille Kantee gedacht. Bin ständig unzufrieden. Hatte ausgerechnet während des Probesprungs eine 2-Sekunden-Erektion, sodass es in der Videoanalyse nicht wie ein V, sondern wie ein W aussah. Außerdem massive Anlaufgeschwindigkeitsprobleme. War langsamer als der Schanzenhausmeister, der parallel zu mir die Treppen runterging!

Innsbruck, Bergisel 5. 1. 2000: Habe gestern nacht mit Miyahira und Wille Kantee geschlafen und dabei an Jussi und Matti Hautamäki gedacht. Meine

Schi sind katastrophal gewachst, bin 5 m vorm Schanzentisch stehengeblieben. Dann ist mir von hinten Primoz Peterka reingeknallt, dadurch bin ich doch noch runtergefallen und mit 2 m in die Wertung gekommen. Noch keine müde Mark verdient heuer. Die Sponsoren wollen mir die Schi wegnehmen. Na gut, dann werd ich halt runter laufen müssen!

. . . .

Hinterzarten, 16. 1. 2000: Bin in der Quali heute aus lauter Unkonzentriertheit auf der Hinterseite der Schanze runtergesprungen. Bin in den Wald geplumpst, ich Esel. Alle haben mich ausgelacht. Habe erfahren, dass RTL meine Sprünge nicht mehr übertragen will, dafür hat sich aber die SAT1-Wochenshow die Rechte an meinen Sprüngen gesichert. Mein Selbstbewusstsein ist im Keller, nachdem ich bei einem Prominenten-Benefiz-Juxspringen gegen Ottfried Fischer verloren habe. Die Einnahmen kamen übrigens mir zugute. Habe durchs Springen heuer erst 48 Mark 50 verdient. Der DSV hat mir den Springeranzug weggenommen, weil ich, wie es in einer Presseerklärung heißt, den Sport angeblich ins Lächerliche ziehe! Springe jetzt mit dem warmen Fischgrätmantel meines Schwagers.

. . . .

Oberzarten, 17. 1. 2000: Habe heute die Anlaufspur zerstört, weil ich im V-Stil runtergefahren bin. Anschließend in der Luft den Telemark gemacht. Krieg den richtigen Bewegungsablauf nicht mehr hin! Immerhin 8½ m, allerdings gestürzt, weil sich der Fischgrätmantel um die Schier gewickelt hat. Die FIS hat heute beschlossen, dass, wenn ich im Wettkampf über 9 m springe, die Jury sich zusammensetzten muss, um den Anlauf radikal zu verkürzen. Ich weiß nicht, ob ich lachen oder weinen soll. Bin aufs morgige Springen gespannt, der DSV hat mir gerade die Schier weggenommen. Versuche es morgen zum ersten Mal mit zwei Pfannen von meiner Schwägerin.

. . . .

Unterzarten, 18. 1. 2000: Bin aufgeregt, bin gleich dran. Mein Gegner im K.O.-Springen ist dieses lächerliche Maskottchen, ein geistig behinderter Rentner im Bärenkostüm. Nachdem mir der DSV auch Helm und Handschuhe weggenommen hat, musste ich umdisponieren. Um meinen Kopf zu schützen, hab ich die Dunstabzugshaube meiner Schwägerin aufgesetzt. Statt der Handschuhe hab ich mir zwei Zigarettenpackungen auf die Hände gesteckt, dazu der Fischgrätmantel und die zwei alten Pfannen. Es kann losgehen. Muss jetzt noch mal im Geist den Bewegungsablauf durchgehen.

Also: im Telemark runterfahren, am Schanzentisch die Hocke machen und im V-Stil landen, oder? Scheiße. Ich weiß es nicht mehr, und ich trau mich nicht zu fragen! Komm, Jäkle, einfach runter!

Lyrik

Adriana Zartl

Herbstgedicht

Harald
Banane
Auto
und Nuss

Schade
super
Sonne
Schluss

Liebesgedicht

Harald
Auto
Banane
und Seil

Ich
bin so doof,
aber du
bist so geil

Ode an den Kampfhund

Du lieber Kampfhund, du,
kommst nie zur Ruh.
Musst ständig morden, töten, beißen,
dich von Eisenketten reißen!
Das ist nicht leicht, du hast es schwer.
Das alles kommt ja nicht von ungefähr.
Dein Herrchen hat das aus dir gemacht,
hat das Feuer erst in dir entfacht,
dich getreten und gequält,
deinen süßen Körper unendlich gestählt.

Du lieber, lieber Kampfhund, du,
kommst niemals niemals mehr zur Ruh,
beißt Kinder, Rentner, and're Tiere,
die Beinchen sind vom Laufen müde, alle viere!
Dein Gesicht, so schön und reizend friedvoll,
und dein Gebiss, so gut, doch voller Groll.
Dein Herrchen hat Kettchen aus purem Gold,
bezieht aus Zuhälterei seinen Sold,
ist ständig betrunken und dumpf in der Birne.
Ja, so stumpf sind Kampfhundehaltergehirne.
Komm, leg dich zu mir,
komm nur ins Bett.

Ich will mit dir schlafen.
Jeder kriegt ab sein Fett,
von dir.
Ach Monster, Bestie,
du liebes Getier!

Ode an den Schlachtschussapparat

Ganz schön in Fahrt
ist heut der liebe Schlachtschussapparat.
Er tötet Schweine, Ziegen, Rinder
und von den Kühen auch die Kinder!
Der liebe Schlachtschussapparat
ist ganz agil und aufgeweckt,
schießt wild um sich und alles tot,
er ist in full effect!
Da bluten Hasen, röcheln Igel,
Enten, Esel und auch ein Hund, ein Beagle!

Der liebe Schlachtschussapparat,
Gott ist der schön, so groß und stark,
trifft jeden Knochen, jedes Mark!
Das Schaf kippt um und auch der Hahn,
erst fällt der Ochs, dann fällt der Schwan,
dann wird der Wal zu Lebertran.
Er hört nie auf, uns wird nie fad.
Danke,
lieber, lieber Schlachtschussapparat!

Schafgedicht

Ein fettes Schaf steht auf der Weide
und grämt sich über sein Gewicht.
Man hört es klagen, weinen, fluchen:
Für Diät ist es zu spät!
Ich fettes Schaf, ich SCHAF es nicht!

Perulied

In Peru, in Peru, in den Anden,
steht 'ne Kuh, steht 'ne Kuh, die muss wandern.
In der Nacht, in der Nacht kamen Diebe
und stahlen der Kuh das Getriebe !
SABOTAGE, SABOTAASCHE !!!

Durstlied

mir gont nit heim
mir ham noch durscht
mir blim no do

Weihnachtliches

Die Schneeflöckchen tänzeln hinterm Fensterglas.
Der Braten duftet und der frisch gefangene Lachs.
Im Wald daneben ruht der Dachs.
Oma freut sich auf Geschenke und auf Opas
zehnten Todestag.

Die Kindlein haben rote Bäckchen.
Was hat das Christkind wohl im Säckchen?
Den Gameboy, die Eisenbahn?
Das Baby kriegt den ersten Zahn.

Oh schau, Mama!
Leg doch die Schürze einmal ab und komm zur Ruh.
Was kriegst denn du?
Vielleicht vom Papi neue Schuh?

Bald ist Bescherung.
Wo ist der Papi denn, wo ist sein Jäckchen?
Oh, siehe da, er steht im Garten, man erkennt ihn ja
am prallen Hodensäckchen.
Er steht dort mit den Nachbarsfrauen
und bumst sie durch den Gartenzaun.
Frohe Weihnachten!

Oh, was hat die Schneeballschlacht im Garten vorhin Spaß gemacht!
Doch irgendwann ist's Spiel vorbei, Schluss mit dem fröhlichen Geschrei!
Jetzt werden in der guten Stube Keks gebacken.
Zieht aus die feuchten Jacken!
Die Mädchen kneten Teig, die Buben trinken Himbeersaft,
und der stille, dicke Onkel Mike hat's wieder nicht zum Klo geschafft.
Er hat in dieser heil'gen Nacht mal wieder in die Hos' gemacht.

Doch nicht nur das, bald werden's alle wissen,
der stille, dicke Onkel Mike hat ganz beflissen und sehr gerissen
in jedes einzelne Geschenk geschissen.
Bei der Bescherung sieht die Familie rot.
In jedem Packerl ist des Onkels Kot!
Die Kinder weinen,
Oma stirbt, sie hatt' es schon lange an den Beinen.

Mama versteht die Welt nicht mehr.
Sie hatte alles eingepackt!
Wie hat der Mike da reingekackt?
Wir werden's nie erfahren,
Mike nimmt das Geheimnis mit ins Grab.

Denn der Papa hat den Mike vor Wut im Garten totgefahren,
mit dem nagelneuen Saab.
Frohe Weihnachten!

Die Oma backt die Plätzchen,
und Mama, dieses Schätzchen,
schmückt den Baum mit Schokoladenkätzchen.
Schau, Papa übt schon „Stille Nacht",
er hat sich's Trompetenspiel selbst beigebracht!
Die Kindermädchen kochen leck're Suppe,
und Natalie, im Arm die Puppe,
zieht dem Karpfen einzeln jede Schuppe!
Die kleine Liebe.

Alles ist in stiller Eintracht.
Der Baum ist schöner als im Jahr zuvor,
der Braten duftet aus dem Rohr.
Die Kinderwangen glüh'n wie Tee,
und auf dem Dach fünf Meter Schnee!
Da läutet's dreimal an der Tür.
Wer mag das sein?
Das Jesuskind? Der Nikolaus? Der Weihnachtsmann vielleicht?
Nein.

Da steht, oh Graus,
der Onkel Klaus.
Besoffen torkelt er ins Haus.
Was hat er an, wie sieht er aus?
Was soll die Ledermaske vorm Gesicht?
Als Festgewand ziemt sich das nicht!

Und die Peitsche und die Zangen?
Den Kindern wird ganz blass um ihre Wangen!

Der Onkel kotzt die Tanne voll,
und bald wird klar, was denn die Peitsche soll.
Er drischt auf Oma, Opa und den Papa ein,
die Kinder schrei'n!
So macht Weihnachten nur wenig Spaß.
Und Papa, der sonst um diese Zeit
die Weihnachtsgeschichte mit schöner Stimme las,
beißt röchelnd und verschreckt ins Gras.
Frohe Weihnachten!

Ach, ist das schön!

Der Opa zündet's Kerzlein an,
die Oma steckt am Baum das Sternchen dran.
Die Kinder haben ganz feuchte Hände
und malen Schneeflöckchen an die Wände.

Bald wird gesungen, bald gegessen.
Großvater hat die Erschießungen im Krieg
ganz kurz vergessen.
Die Mama packt Geschenke ein.
Ach, der Abend heut', der wird so fein!

Zum Essen gibt's Forelle blau,
und Onkel Hans, die blöde Sau,
hat in dieser heil'gen Nacht
sich durch Erhängen g'rade in der Küche umgebracht.

Die Stimmung ist nicht sehr getrübt,
denn Onkel Hans war nie beliebt.
Der Papa hängt den Onkel Hans
einfach an den Baum zum Weihnachtskranz.
In des Onkels Ohren stecken die Kinder Wunderkerzen.
Onkel Hans ist tot! Man kann's verschmerzen.
Heut' wird gesungen, getanzt und geschenkt,
auch wenn der Onkel tot am Weihnachtsbaum hängt.
Frohe Weihnachten!

Nach Tannennadeln duftet's Haus,
und eiderdaus,
man glaubt es nicht,
fehlerfrei und ohne Stocken spricht
Kevin heute das Gedicht.

Die Narben der Pocken in seinem Gesicht
sind heute vergessen.
Im Kerzenlicht sitzen Opa, Papa, Mama und Gary,
der freundliche Herr vom oberen Stock.

Kevin, das hast du fein gemacht.
So schön zum Vortrag das Gedicht gebracht!
Mama ist stolz,
die Oma auch.
Sie sitzt vor der Krippe aus echtem Holz,
zufrieden im Räucherstäbchenrauch.

Da denkt sich Gary: „jetzt oder nie!",
der freundliche Herr vom oberen Stock,
und greift der Mama unter'n Rock.
So ein schöner Weihnachtstag!
Ob Mama des Herren Hand da mag?

Kevin muss lachen.
Was macht denn der Nachbar da für Sachen?
Auch Oma glaubt es kaum.

Ehebruch unter'm Weihnachtsbaum?
Was macht die Mama da? Sie ist ja nackt!
Und während Papa die Geschenke auspackt,
liegt seine Frau auf Gary drauf.

Sie stöhnt ganz laut und ruft ganz laut:
„Mach's mir Gary! Mach's mir, schnell!"
Sie winden sich am Bärenfell.
Kevin muss weinen.
Er bewirft den Nachbarn mit Dominosteinen.

Der Papa schluchzt leise in sich rein.
Nein, Mama, so etwas muss doch nicht sein!
Doch Mama will's wissen. Sie ist ganz verschwitzt.
Und wie sie da so auf dem Nachbarn sitzt,
kommt sie mit ihm, oh, ihr Kinderlein kommet!

So hat in dieser Weihnachtsnacht
der Gary der Mama ein Kind gemacht.
Frohe Weihnachten!

Onkel Friedrich hat den Tannenbaum direkt aus dem Wald gebracht.
Die Oma hat den ganzen Tag im Ohrensessel zugebracht.
Das Glöckchen zur Bescherung steckt tief in ihrer Schürze.
Mama steht am Küchenherd und neben ihr Gewürze,
für's feine Weihnachtsmahl.
Oh schau, Opas Schädel ist schon kahl!
95 wurd' er gestern,
und seine Schwestern
auch.

Aschfahl und bis oben voll mit Parkinson,
die Glieder kalt, und das Leben fast schon ausgehaucht.
Schaffen sie's noch bis zum Christkind?
Beide sind blind und taub und stumm
und durch die Krankheit auch noch unendlich dumm.
Klingeling, kling Glöckchen kling,
Peter und Martha, die süßen Kleinen,
sitzen beim Vater und weinen.

Der Anblick der drei Alten und ihrer Schläuche
und ihrer faltigen Hängebäuche

lässt die Kinder verzweifeln.
Die Katheter, wie sieht das denn aus,
da kommt ja Eiter, Harn und Blut heraus!
„Papa, ruf bitte den Arzt!“ schreit Peter,
und Papa sagt:
„Später.“

Erst werden die Geschenke ausgepackt,
die Krawatten, die Socken, die Füllfederhalter.
Und für Opa Walter,
was hat der gekriegt?
'nen Schlaganfall! Und die Oma ist für immer
eingenickt.
Die Schwestern fallen auf Betlehems Stall,
tot liegen sie zwischen Esel und Schaf.
Dem Papa ist das alles ganz egal.

Vier Menschen im ewigen Schlaf!
Und während sich alle munter die Geschenke
reichen,
wurden ruckizuck aus Opa, Oma und den
Schwestern
vier eiskalte alte Weihnachtsleichen.
Frohe Weihnachten!

Briefe ans Christkind

Liebes Christkind. Du kommst nicht aus Deutschland, oder? Dir kann ich vertrauen. Mach bitte, dass ich endlich einen Scheiß-Kabarettpreis kriege und dass Stermann von der Bundeswehr eingezogen wird und das erste deutsche Opfer im Afghanistan-Krieg wird.

. . . .

Liebes Christkind. Ich weiß, dass du evangelisch warst, bevor du aus der Kirche ausgetreten bist. Darum fühl ich mich dir verbunden. Ich wünsche mir von dir, dass du die Bordellpreise senkst, und dass meine aktuellen Vaterschaftsprozesse positiv für mich verlaufen.

Außerdem soll Grissemann von zwei österreichischen Sicherheitsbeamten mit dem Flugzeug nach Afrika gebracht werden. Der alte Trotzkopf wird sich sicher wehren, und die Beamten werden einen Weg finden, ihn ruhig zu stellen, und du weißt, was ich meine, liebes Christkind.

. . . .

Für FM4, liebes Christkind, wünsche ich mir neben mir wenigstens noch einen guten Moderator und für Österreich noch zwanzig Peter Westenthalers, damit ich weiter was zu lachen hab in diesem Land.

Außerdem – ich weiß nicht, ob ich's schon gesagt hab – würde ich gerne einen Scheiß-Kabarettpreis gewinnen.

. . . .

Ich weiß nicht, ob es möglich ist – liebes Christkind – aber ich würde körperlich gerne expandieren. Ich hätte gerne mehrere Geschlechtsteile, weil die Auftragslage grad so gut ist. Und könntest du Österreich noch etwas kleiner machen? So klein, dass ich als einzelner Deutscher die Mehrheit in diesem Land hätte? Danke Christkind.

Gründe für Sex

Folge 1: Sex aus Scham

36 war er gestern. Heute ist er 37. Geburtstag nennt man das, man kennt das ja, Kerzen, Kuchen, Küssen, Kacke, wenn Sie uns fragen, Geburtstagskacke, da scheißt der Hund drauf. Aber er? Scheißt auch drauf, denn beschäftigen tut ihn was anderes: Er kann mit Frauen nur schlafen, wenn er sich geniert dabei, auch davor und danach. Tja, das nennt man Sex aus Scham.

Folge 2: Sex aus Vergesslichkeit

„Heute hab ich die Spendierhosen an.“, sagte er und legte sein Knochenmark, vier Liter Blut und seine rechte Niere auf den Erlagschein auf dem Kassenschalter in der Bank. Vergessen hatte der Bursche aber, dass er nach dem Ersten Weltkrieg, so 1984, schon seine linke Niere an die Diskjockey-Initiative *Rettet Vinyl* gespendet hatte. Er wurde etwas blass um die Nase, so völlig nierenlos, und sank vor dem Kassenschalter zu Boden. Eine süße kleine Bankangestellte, von ihren Kollegen geringschätzig „Mutter Gottes“ genannt, sah den spendablen Kunden in Todeskrämpfen sich winden und entschloss sich blitzeschnell zu einem bizarren Büro-Fick. Gleichsam entlockte sie ihm auf diese Art noch eine ganz besondere Spende in Form eines Becherchens Samen, der bisher einzige Fall in der Geschichte der Sexualität, in dem ein Mann Sex hatte, weil er vergessen hatte, dass er schon einmal eine linke Niere gespendet hatte.

Folge 3: Sex aus Neid

„Sagen Sie mal, würden Sie mit mir aus Mitleid schlafen?", fragte der mittellose Silberschmied, Hornissen und Schnecken umschwirrten sein Haupt. „Sicher nicht!", antwortete die bezaubernde Punk-Cellistin. „Gut, äh, würden Sie dann eventuell aus Raffgier mit mir schlafen?" „Nein, auf gar keinen Fall!", gab die Punk-Cellistin unmissverständlich zurück. „Hmm. Aus Eigennutz?" „Nein." „Aus opportunistischen Gründen?" „Nein nein." „Aus Vaterlandsliebe? Aus Naivität? Aus philosophischen Gründen oder militärischen?" „Nein, nein, nein." antwortete die Punk-Cellistin, empfand aber langsam so etwas wie Neid auf des Silberschmieds Beharrlichkeit. „Wollen Sie mit mir schlafen, oder bevorzugen Sie es, dabei wach zu bleiben?", fragte er erneut, und dieser phantastische Wortwitz machte sie noch neidiger, so neidig, dass sie ihn von vorn nahm, so wie man eine Schlaftablette nimmt, wenn man in die Nacht einzutauchen gedenkt.

Kleine Prosa

Lieselotte Pulver

Einmal hatte er aus der Entfernung Lieselotte Pulver gesehen, das war am 13. Juli 1979, während der Aufzeichnung des ZDF-Fernsehgartens. Das war schön. Aber dass es rückblickend der schönste Moment seines Lebens bleiben sollte, damit war auch bei größtem Pessimismus 1979 nicht zu rechnen. Bis auf das Pulver-Ereignis am 13. Juli 1979 während der Aufzeichnung des ZDF-Fernsehgartens war in seinem Leben wirklich nichts passiert! Mit dem Bild von Lieselotte Pulver vor Augen starb er. Die Beerdigung war relativ kurz, vor allem der Teil, in dem der Pfarrer über das Leben des Verstorbenen sprach. Hier die gesamte Rede im wortwörtlichen Zitat: „Er hat nicht viel erlebt und hinterlassen, aber am 13. Juli 1979 hat der liebe Verstorbene während der Aufzeichnung des ZDF-Fernsehgartens aus großer Entfernung Lieselotte Pulver gesehen. Amen." In seinem Fall verkniff man sich die Grabsteininschrift: „Jeder Tag war kostbar".

Feuchtigkeit

Beim Reden spuckte und sabberte er so viel, dass die anderen Köche fanden, er rede wie ein Wasserfall. Wenn's im Restaurant darum ging, lecker Süppchen zu kochen, forderten ihn die anderen Köche einfach dazu auf, „Die Glocke" von Schiller zu rezitieren, und hielten ihm dabei einen leeren Bottich unters Maul, um Wasser zu sparen. Er selbst litt sehr unter diesem Fehler. Wie gern hätte er trocken gesprochen! Mit Frauen traute er sich nur beim Tauchen zu reden. Da ist nicht viel Romantik und kaum ein nettes Wörtchen drin. Er goss seine Blumen, indem er mit ihnen sprach, einer der wenigen Vorteile. Doch die Nachteile überwogen. Bei seinem Auto hatte er mühsam die Scheibenwischer innen angebracht. Das bisschen Regen draußen war kein Problem. Ein Meer der Worte, ein Ozean der Kommunikation. Literweise rann das Wasser ihm den Hals hinunter, bei jedem „Hallo", jedem „Wie geht's". Auf Befehl der Gesundheitspolizei musste er allein auf einer stillgelegten Bohrinsel leben. In vielen Ländern der Welt, die ohnehin von Überschwemmungen heimgesucht werden, hatte er Einreiseverbot. Als sogar Wüstenstaaten ihn auf die schwarze Liste setzten, fühlte er sich als Aussätziger. Er holte aus der Bohrinselbibliothek Hemingways Klassiker „Der alte Mann und das Meer" und las es sich selber laut vor, bis die Bohrinsel überflutet war, und er selbst ausgetrocknet und verdurstet. Im Restaurant kocht man seitdem auch nur mit Wasser.

Der Gesichtsälteste

Er hatte das Werk von Marx und Engels ins Plattdeutsche übersetzt, und Kylie Minogues Hit „Your Disco Needs You" ins Hessische. Rocke beschäftigte sich ausschließlich mit linguistischen Nutzlosigkeiten. So hatte er zwölf Jahre damit verbracht, das Wort „ich" in der gesamten deutschsprachigen Literatur seit der Romantik zu zählen. Nach neun Jahren hatte er sich verzählt und musste wieder ganz von vorn anfangen. Seine Doktorarbeit hieß „Wie viele neue Wörter kann man maximal aus all den Buchstaben bilden, die in der Bibel vorkommen". Rockes Eltern, die beide in der Fleisch verarbeitenden Industrie als Dummies für Schlachtschussapparate arbeiteten, waren stolz auf ihren fast drei Meter großen Sohn Rocke. Rocke war ein geistiger Leuchtturm in der verblödeten Münchner Schickeria. Rocke zählte noch keine 30 Lenze, sah aber nach einer mehr schlecht als recht überstandenen Geisteskrankheit und anschließender Kopfoperation wie der Großvater von Luis Trenker aus. So nannte man ihn zwischen Altötting und Schwabing schnell „den Gesichtsältesten". Im Krankenhaus verliebte er sich in eine pensionierte Rotkreuz-Sanitäterin aus dem Ersten Weltkrieg, der nach einem Kunstfehler die Hirnanhangdrüse aus dem Ohr hing. Oft zog Rocke neckisch daran, so lange, bis sie lächelte. Sie war die einzige Frau, die er kannte, die älter war als er aussah. Rocke sah so alt aus, dass er mehrere Angebote von Lehrern hatte, in Schulen als Zeitzeuge vom *Dreißigjährigen Krieg* zu berichten. Mit der Zeit wurde er reich, unser bayerischer Gesichtsältester. Er wurde das offizielle Gesicht zur Tut-Ench-Amun-Wanderausstellung. Weltweit hing sein Portrait in Museen. Als Gesichtsältester hatte er schnell so viel Geld verdient, dass er sich nur noch der Linguistik widmen konnte. Er beschäftigte sich ausschließlich mit seinem alten Lieblingsprojekt: Er versuchte, mit nur einem einzigen Buchstaben eine ganze Sprache zu kreieren, mit einem Konsonanten. Sehr schwierig, aber genau das reizte ihn. Kurze Zeit später starb sein Gesicht an Altersschwäche, 45 Jahre vor ihm selbst. Die letzten 45 Jahre seines Lebens mußte er also mit geschlossenen Augen und heraushängender Zunge weiterleben. In der Münchner Schickeria nannte man Rocke fortan nur noch „den Gesichtstoten". Er gründete die Elektro-Trompetenband *Facedeath* und platzierte sich 90-mal hintereinander weit vor Platz 1 in allen Welthitparaden. Rocke, falls du zuhörst: Wenn du nicht so bleibst, wie du bist, werden wir so, wie du uns nicht haben willst.

Richtig schenken

Rusty konnte es nicht glauben: eine Ratte als Geschenk zum ersten Schultag. Solche Dreckseltern. Eine tote Ratte für ein sechsjähriges Kind, mit Nadeln drin, nein nein, das kann nicht Liebe sein. Traurig steckte er die tote Ratte zurück in die Schultüte. Solche Dreckseltern, es ist doch nicht zu glauben. Das ist doch einfach nicht zu fassen! Dabei war Rusty ein äußerst liebenswürdiges, süßes Kind. Er suchte die Aussprache mit seinen Eltern. „Liebe Eltern", sagte er, „ich empfinde euer Geschenk zu meinem ersten Schultag als Zumutung. Die anderen Kinder haben Uhren und Süßigkeiten bekommen." „Ja, Rusty, und du eine tote Ratte. Und, was dagegen?" Sein Vater roch grauenhaft nach antialkoholischen Getränken. Diese Grüner-Tee-Fahne war nicht auszuhalten. Von hinten umwehte Rusty der Leichengeruch seiner Großmutter. „Rusty!" krächzte sie und warf dem lieb gescheitelten Buben ein Diaphragma an den Kopf. „Für dich, zum ersten Schultag!" „Was soll ich denn damit?", flüsterte Rusty traurig. Sein ganzes Leben lang hatte er immer nur unpassende Geschenke bekommen. Zu seinem ersten Geburtstag ein Korsett und eine Packung Tranquilizer, zum Namenstag vor drei Jahren einen Sack Kohlen und zu Weihnachten als Vierjähriger ein Beatmungsgerät der Deutschen Bundeswehr. Und jetzt also die Ratte und das Diaphragma. Wollten ihn seine Eltern fertig machen? Nein, sie hatten einfach nicht die Gabe, gut zu schenken. Es war nicht so, dass sie sich keine Gedanken machten. Sie entschieden sich einfach falsch! Zur Einschulung schwankten sie lange zwischen der toten Ratte, einem Motorradhelm und einer Enthaarungscreme. Auch die Oma hatte sich die Diaphragma-Entscheidung nicht leicht gemacht. „Was schenkt man einem Sechsjährigen?“, hatte sie sich gefragt. Nikotinpflaster vielleicht? Oder den Bestseller „Endlich über 40“? Ein Originalautogramm von Konrad Adenauer? Nein, dann doch lieber das Diaphragma. Damit konnte man nichts falsch machen, dachte sie. Elf Jahre später brach Rusty entnervt die Schule ab, aus Angst vor einem Maturageschenk. Schade, fanden seine Eltern, hatten sie doch eine so gute Idee für das Geschenk gehabt. Was schenkt man einem 18-jährigen zur Matura? Richtig. Eine schöne Klarsichtfolie für den Schülerausweis.

Ludwig Nahverkehr

Ludwig Nahverkehr war Chorherr. Der Einzige im Kinderchor, der die 40 längst überschritten hatte, ein ausgewachsener Mann. Das Durchschnittsalter bei den *Leipziger Kirchenkrähen* lag bei elf Jahren. Ludwig Nahverkehr stach da natürlich heraus. Bei Auftritten der *Kirchenkrähen* gab es oft ein großes Hallo, wenn der schmerbäuchige, grobschlächtige Nahverkehr in seinem Matrosenanzug zwischen den zerbrechlichen, angsterfüllten Knaben stand, singend. Ludwig war bei den Kindern gefürchtet, vor allem, weil sie beim gemeinsamen Duschen alle die Tätowierung gesehen hatten. Auf seinen gewaltigen Bauch hatte er sich seine Lieblings-Internetadresse tätowieren lassen: www.knackigejungs.de. „Rutsch mal!“, hörte man oft im dunklen Schlafsaal Ludwigs tiefen Bariton. Und dass der Chorherr da nicht nur die Stimmbänder massierte, kann man sich fast denken! Auch der Chorleiter der *Kirchenkrähen* wusste, dass Ludwig Nahverkehr besser nicht Teil eines Kinderchores wäre, aber „was willste machen“, sagte er resignativ. Schuld waren die alten Meister, die in ihren Kinderchorwerken auch immer eine so tiefe Stimme eingebaut hatten, die unmöglich von Elfjährigen gesungen werden kann! Das wiederum war das Glück des Päderasten Nahverkehr und das Pech der blassen Buben. „Rutsch mal!“, brummte Nahverkehr im Schlafsaal wieder. Den Matrosenanzug hatte er halb geöffnet. Aber diesmal sollte es anders kommen, alles sollte anders werden. Denn der zehnjährige Manuel rutschte nicht, sondern stach dem nach Alkohol stinkenden Chorherrn Nahverkehr eine Stimmgabel gewaltig ins Gemächt! Alle kleinen singenden Matrosen klatschten Beifall, überglücklich. Und der so kastrierte Ludwig Nahverkehr verlor nicht nur seine tiefe Stimme, sondern auch seinen Job. Denn einen

46-jährigen dicken Mann mit Kinderstimme, den brauchte keiner bei den *Kirchenkrähen!*

Im Vitrinengeschäft

Für sein Bügeleisengeschäft brauchte er eine neue Vitrine. Er ging ins Vitrinengeschäft und betrachtete all die schönen Vitrinen in den Vitrinen. Da musste er an diese russischen Puppen denken, wo ja auch in der einen immer noch eine drin ist, und dann noch eine und noch eine … „Kann ich Ihnen behilflich sein?“, riss ihn der Vitrinenverkäufer aus seinen russischen Puppentagträumen. „Ja, gerne. Ich hoffe, mein Anliegen ist nicht zu aufdringlich, aber würden Sie mir freundlicherweise in die Hose greifen und mir einen runterholen?“ „Selbstverständlich, dafür bin ich ja da!“, antwortete Viktor, griff dem Bügeleisenverkäufer in die Hose und befriedigte ihn. „Danke schön“, sagte der Bügeleisenverkäufer. „Ach, keine Ursache! Zufriedene Kunden sind immer die besten Kunden! Empfehlen Sie uns weiter!“, sagte Viktor, und der Bügeleisenverkäufer verließ das Geschäft, zwar ohne Vitrine, dafür aber mit großer Genugtuung.

Spaß

„Na, und? Wo hast du ihn hingehängt?“ „Ins Wohnzimmer.“ „Ach. Und, wie sieht er aus?“ „Na ja, noch etwas ungewohnt.“ Wenige Tage später hatte sie sich an den Anblick ihres tot von der Decke hängenden Gatten schon gewöhnt. Wenn sie staubsaugte, dann kitzelte sie mit ihrem Dutt ab und an seine kalten Beine und lächelte versonnen in sich hinein. Das war ja einmal eine gute Idee gewesen, den alten Langeweiler zuerst im Garten er- und dann im Wohnzimmer aufzuhängen. Manchmal, wenn sie sich jung genug fühlte, sprang sie nach oben und hielt sich mit den Händen an seinen Füßen fest und schwang frech hin und her. Herrgottnochmal, war das eine gute Idee gewesen, den alten Langeweiler endlich im Wohnzimmer aufzuhängen! Gelegentlich, im Überschwang, sprang sie gemeinsam mit ihren drei Bridge-Freundinnen der baumelnden Leiche an die Beine, und dann sah man vier tollkühne Weiber kreischend vor Freude durch die Wohnung segeln. Immer wilder wurden die Flug- und Turnversuche, immer heftiger rissen sie an den Beinen, immer hysterischer schrien sie dazu. „Warum tun die das?", fragte der rüstige Nachbar seine Frau. Er hatte das makabre Schauspiel seit Wochen durchs Fenster beobachtet. „Warum die das tun?", fragte seine Frau zurück, „Na weil's Spaß macht, weil's einfach riesengroßen Spaß macht! Aber von Spaß hast du altes Sackgesicht nicht einen Dunst!" Mit diesen Worten legte sie ihm einen schönen Strick um den Hals.

Der Weg ist das Ziel

Veronique zog sich aus, bis sie im Adamskostüm vor ihm stand. „Nein, zieh dich doch ganz aus“, schnurrte er. „Gerne, mein Dicker“, säuselte sie zurück und zog sich auch noch das alberne Adamskostüm aus. Sie legte sich zu ihm. Mit seinem erigierten Glied schaltete er das Licht aus. Im Dunkeln zogen sich beide wieder an. Das ist geglückte Sexualität, wussten beide: die Vorfreude. Der Akt an sich ist sowieso enttäuschend. So handhabten sie ihr glückliches Leben. Alles war auf Vorbereitung und Spannungsaufbau ausgerichtet. Sie kochten großartige Speisen, nur um sich an dem herrlichen Duft zu erfreuen. Nie nahmen sie auch nur einen Happen davon zu sich. Sie fuhren in die atemberaubendsten Schi-Gebiete, um sich am Gipfel nur kurz die Schier anzuschnallen. Nach einem kalten Winterspaziergang ließen sie sich ein heißes Schaumbad ein. Als die Wanne voll war, ließen sie, noch immer vor Kälte zitternd, das heiße Wasser wieder aus. Tja, der Weg ist das Ziel und die Freude auf das Glück schöner als das Glück selbst. Von grauenhaften Zahnschmerzen gepeinigt, gingen sie wimmernd zum Zahnarzt. Als der liebe Herr Doktor fragte „Haben Sie Schmerzen?“, sagten sie „Ja.“, drehten sich stante pede um und gingen unverrichteter Dinge und mit dicker Backe wieder nach Hause. Beim

Korallentauchen machten sie die Augen zu. Zur Weihnachtszeit freuten sie sich wie die Tiere auf die Bescherung, um dann kein einziges Geschenk auszupacken. Sie bewohnten ein bezauberndes 14-Zimmer-Schlösschen, kauerten aber immer nur in einer Küchenecke. „Die anderen Zimmer sind sicher wunderschön.“, stellten sie sich vor. Mit unglaublicher Hingabe bereiteten sie ein ganzes Jahr lang einen Rumtopf vor. Als er fertig war, schütteten sie ihn ins Klo. Ihnen ging es darum, die Fantasie zu speisen, die schöne Braut der Realität. Als sie also da so hocherregt und wieder angezogen im Bett lagen, machte Dicker einen folgenschweren Fehler. Er berührte sie leicht. Da war alles aus. Verstehen Sie die Geschichte? Nein, ne. Alles klar.

Das Geräusche-Girl

Zum zweiten Mal hatte sie geträumt, dass sie sechs wildfremde Menschen erschoss, um ihre eigene Haut zu retten. „Der Traum hat Gott sei Dank nichts mit meinem wirklichen Leben zu tun!“, versuchte sie sich zu beruhigen. Schließlich saß sie im Zuchthaus, weil sie sieben Menschen umgebracht hatte, und nicht nur sechs! Sie hatte alle sieben Logopäden, bei denen sie in Behandlung war, ermordet. Alle sieben Spezialisten waren nicht in der Lage gewesen, ihr Sprachproblem zu beseitigen. Seit der

Pubertät litt Arielle unter dem Klang ihrer Stimme. Machte sie den Mund auf, so entstand ein Geräusch, dass sich anhörte, als liefe eine Waschmaschine im Schleudergang. Für eine junge Frau im Labello-Alter wahrlich kein Vergnügen, wie man sich vorstellen kann! Aus Scham traf sich Arielle bei ihren spärlichen Rendezvous ausschließlich in Waschsalons. Aber sinnlos, kein einziger Mann verliebte sich in das knatternde Geräusche-Girl. Ihr einziger amouröser Erfolg bestand darin, Schmutzwäsche in den Mund gestopft zu bekommen. So vereinsamte sie. Ihre letzte Hoffnung war die Logopädie. Und tatsächlich, der siebente Logopäde, den das Geräusche-Girl aufsuchte, vollbrachte ein kleines Wunder! Nach zwei Jahren täglicher Behandlung und unzähligen Operationen am Gaumenzäpfchen zeigte sich eine Veränderung. Neben den Waschmaschinengeräuschen war es Arielle nun möglich, alternativ auch das Geräusch hervorzubringen, das entsteht, wenn ein Weißbrot aus dem Toaster springt. Ein kurzes, knappes, metallenes „FLAP!“ neben dem ewig monotonen, einschläfernden „WOMWUMWUM“. Immerhin: ihr nächstes Rendezvous fand bei ihr daheim am Frühstückstisch statt. Nach ein paar nervösen FLAPs und verzweifelten WOMWUMWUMs endete das Liebesfrühstück doch wieder mit einem Paar Stinkesocken im Mund. Inzwischen ist Arielle 65 Jährchen alt. Aus ihrer Zelle in der Zuchtanstalt dringen leise Wasch- und Toastgeräusche. Mensch, Sachen gibt's, die gibt's gar nicht.

Der Weckruf
17 Stunden und 34 Minuten, mitgestoppt, über 17½ Stunden also hing er in der Warteschleife der österreichischen Inlandsauskunft. Es war 22 Uhr, als er gestern die Nummer der Auskunft wählte, um für den nächsten Morgen sechs Uhr einen Weckruf zu bestellen. „Das hat sich ja jetzt wohl erledigt", murmelte er seine Armbanduhr an, als er bemerkte, dass es bereits nach drei am Nachmittag war. Vor neun Stunden also hätte er geweckt werden sollen, aber so hing er immer noch mit längst abgestorbenem Arm in der Warteschleife der Inlandsauskunft. Er legte auf. Besonnen schritt er zur Vitrine, wo sein Onkel, der Vorsitzender im Schützenverein war, seine Gewehre liebevoll aufbewahrte. Zwölf Kleinkalibergewehre schulterte er, griff erneut zum Telefon, um ein Taxi zu bestellen. Nach 6½ Stunden kam der Wagen, wo zu allem Unglück auch noch ein nüchterner Inländer drin saß, wo er doch einen rauchenden Ausländer bestellt hatte! Er ließ sich mit dem Taxi zur nächsten Telefonzelle führen. Es war ein Wertkartentelefon. Da kam er aber erst drauf,

nachdem er sich drei Sunden und elf Minuten angestellt hatte, und da stand er jetzt, die Gewehre geschultert, mit hassrotem Gesicht und extra vorbereiteten Münzen in der zittrigen Faust. Er ging zurück zum Taxistand, um die Rechnung zu begleichen, die inzwischen 4.450 Schilling ausmachte. Er gab dem Taxler einen 5.000-Schilling-Schein, aber der Taxifahrer lachte nur und sagte, er könne einen so großen Geldschein nicht wechseln. „Na gut. Dann führen Sie mich BITTE um 550 Schilling zu dem Büro, wo die Auskunftsmädchen sitzen!", brüllte er hassbetrunken. Inzwischen war es Winter geworden und sein Bart hing drei Meter aus dem Taxifenster raus. Die Gewehre schienen langsam zu verrosten. „Was wollen Sie Irrer eigentlich mit den Gewehren?", lallte der unsympathische inländische Taxler. „Naja, erst Sie mit einem Genickschuss erledigen und dann bei der Telefonauskunft energisch Amok laufen", antwortete er höflich aber extrem bestimmt. In diesem Moment löste sich ein Schuss von einem der zwöfl umgehängten Gewehre und traf ihn selbst in den Rücken. Der Notarzt traf auch, aber mit 6-sechsstündiger Verspätung ein. Da schlummerte unser Hero bereits den ewigen Schlaf, das traurige Ende eines Mannes, der eigentlich einfach nur in Österreich geweckt werden wollte.

EXPO 2000

Im Krieg hatte man dem heute 83-jährigen Wilhelm Brennbus mit einer Granate beide Gesäßhälften weggeschossen. Seit damals muss er sich in der Straßenbahn auf den Bauch setzen. Heute verdient Brennbus mit seiner Behinderung gutes Geld. Er ist das einzig gutbesuchte Ausstellungsobjekt der EXPO 2000 in Hannover.

Extremfressen

Montagmorgen 8.00 früh, Hongkong. Er blickte auf die Uhr. „Na, wart mal ab“, sagte er ungeduldig zu sich selbst wie zu sich selbst. Seit 20 Minuten war er jetzt schon in Hongkong, und noch immer kein Hirn aus einem lebenden Affen gegessen, keine gesalzene Schäferhundprostata und auch keine Insektenpenisse in Aspik! Randy Goldsack, der Fieberthermometertester aus Rotterdam, hatte genug von der westlichen und nahöstlichen Küche, er wollte abenteuerfressen, Aufregung auf der Zunge spüren, den Gaumen-Kick! Und nicht immer nur Kartoffelpuffer und Püree fressen! Wie glücklich war Randy, als er in der Zeitung ein Inserat sah mit der Überschrift „EXTREMFRESSEN“. Goldsack lief sofort das Wasser im Schlund zusammen, hatte er doch bei einem hässlichen Unfall sein schönes Gesicht verloren, oder, wie seine Frau fand, bei einem schönen Unfall sein hässliches Gesicht, alles Auslegungssache. Seitdem war seine einzige Möglichkeit der Nahrungsaufnahme sein riesenhafter sabbernder Schlund, der statt seines Gesichts aus dem bluteitrigen Hals herausragte. Ein Schlundhygieniker aus Ungarn hatte ihn operiert, ohne Werkzeug und Watte, nur mit den bloßen Händen. Goldsack hatte jetzt ein funktionierendes Gebiss auf dem Schlund sitzen, das nach Essen gierte und furchterregend klapperte. Er wollte all diese im Inserat angepriesenen Köstlichkeiten einer bizarren Esskultur kosten, Hummerhoden, Rattendärme und Nashornnebenhöhlen, Braunbärbrustwarzen, Euleneuter und Amselärsche! 8.10 Uhr: Goldsack hinkte ins nächste Spezialitätenrestaurant und verdrückte als zweites Frühstück acht Gebährmutterkrebse in Cannabissauce, dazu ließ er drei, vier Froschfurunkel in den gierigen Schlund sausen. Zu trinken gab es Dalmatinerdünnschiss und frisch gepresstes Dackelblut, das Inserat hatte nicht übertrieben! Extremfressen! Er lächelte zufrieden, während er die Kadavercracker in Pinguinpisse dipte. Er lehnte sich zufrieden zurück und studierte die Dessertkarte, wo ein verwackeltes Schwarzweißfoto Lust auf „Bandwurmparfait in Lebendläusenest, garniert im Kakerlakenkotmantel“ machte. „Einmal das Bandwurmparfait!“, brüllte Goldsack glücklich. Es schmeckte wunderbar. Er verließ das

Restaurant tänzelnd und setzte sich die Sonnenbrille auf den Schlund. Randy Goldsack war in diesem Moment der glücklichste Schlund der Welt.

Henriettes Geburtstag

Genauso hatte sie sich ihren 80. Geburtstag vorgestellt. Kein Schwein da. Sie, allein in diesem Grufti-Lokal, der grindige Alleinunterhalter mit leerem Blick vor seiner Hammondorgel, die Platzkärtchen an der reich gedeckten Tafel wie zum Hohn in Reih und Glied vor leeren Stühlen. Wie viele Einladungen hatte sie verschickt? 200, 250? Und dann dieses Desaster. „Alles Arschlöcher", dachte Henriette Mett. Sie schlug in Ermangelung eines anderen Gegenüber dem vertrottelten Alleinunterhalter die Faust in den Unterleib. Er fiel stöhnend auf die Tasten, und die Melodie, die so entstand, gefiel ihr so gut, dass sie gleich noch einmal zuschlug. Wieder brach der entnervte Alleinunterhalter über seinen Tasten zusammen. Diesmal aber entstand eine andere Melodie, keine schöne. Zornig schlug Henriette Mett noch einmal zu und setzte sich unter ihr Geburtstagsfass Bier. Sie trank das Fass auf ex. „Da lebt man 80 Jahre, geht zu jeder Party von jedem Arschloch, zu jeder verfickten Taufe und jeder beschissenen Hochzeit, aber wenn es um einen selber geht, wenn es ums Ihnchen geht, sind sich die Damen und Herren Wixer wohl zu fein!“, dachte sie. Seit 60 Jahren hatte sie sich auf diesen Tag gefreut, sich nie etwas gegönnt, alles Geld gespart für dieses Fest. Nie im Urlaub gewesen, nie Fleisch gegessen, nie eine warme Mahlzeit, keine Brustvergrößerung, nicht einmal für eine Spirale Geld zum Fenster rausgeschmissen, von der Pille ganz zu schweigen! Ihre zwölf Kinder zuhause bekommen, ohne Hebamme, sie alle gebärt, während sie für ein Callcenter arbeitend Geld verdiente, immer dieses Ziel vor Augen, ein rauschendes Geburtstagsfest zum 80er! Und jetzt? Jetzt lag sie allein und besoffen zwischen Kaviarbergen und glibberigen Austernmassen. Was für ein Reinfall. Was für eine Riesenenttäuschung! Um 22.00 Uhr, als der verbrunzte Alleinunterhalter längst schnarchend auf seiner Orgel und Henriette in einer Lache aus Tränen und Bier lag, öffnete sich die Tür des Restaurants. Verschwommen erkannte Henriette die Stargäste des Abends. Das hätte die Überraschung sein sollen für ihre Gäste, die nicht gekommen waren, eine Band, nicht irgendeine, nein, die *Flippers!* „Frau Mett, sind wir hier richtig?“, rief der kleinwüchsige, dickleibige Schlagzeuger der *Flippers*. „Tolle Party!“, sagte er und übergab sich fast vor Lachen. Fast eine halbe Million Mark hatte sie sich die *Flippers* kosten lassen, und jetzt wurde sie auch noch von diesem Zwerg mit Minipli verarscht!

Schamesrot sah sie dabei zu, wie die *Flippers* ihre Instrumente aufbauten und eine langsame Nummer zum Tanze spielten. Da sonst niemand da war, musste sie mit dem schmierigen Alleinunterhalter vorlieb nehmen. Sie tanzte eng mit ihm und wurde ob seines Mundgeruchs fast ohnmächtig. Sie kam der Ohnmacht zuvor, indem sie ihm mit der Faust in den Unterleib schlug, sodass er zusammenbrach. Henriette stellte sich mit einem Feuerzeug an den Bühnenrand und wippte verträumt im Rhythmus mit. Als das Konzert beendet war, überreichte sie dem Schlagzeuger einen vorbereiteten Strauß Blumen. „Danke, Oma", lispelte er und schrieb auf eine Serviette ein Autogramm. Verschämt steckte sie die Serviette ein. Hatte sie also doch noch ein Geschenk zu ihrem 80. bekommen. Erst als die *Flippers* weg waren, las sie, was der kleine dicke Schlagzeuger ihr als Widmung überreicht hatte. Da stand in krakeliger Legasthenikerschrift: „Sie können sich als gefickt betrachten." Irgendwann reicht's, dachte Henriette.

Hildes Hände

Sie war sehr schlecht im Kopfrechnen, aber auch mit der Hand zu zählen, da hatte sie so ihre Probleme. Bis fünf war nicht schwer, aber dann? Tja, seit sie ihre rechte Hand bei einem *Sasha*-Konzert verloren hatte, da waren alle Zahlenkombinationen über fünf für sie praktisch ein Ding der Unmöglichkeit. Ihre Wut auf *Sasha* war verständlich. „Dieses Arschloch!", dachte sie oft. Hätte *Sasha* sie damals nicht versucht, an der Hand auf die Bühne zu ziehen, sähe ihr Leben heute vielleicht anders aus, sie könnte eventuell symmetrisch töpfern und nicht nur so krumme Vasen einhändig, sie würde nicht so viele rechte Handschuhe unnötig im Schrank liegen haben! Ohne *Sasha* könnte sie sich endlich mal wieder die Hände reiben. Aber so? Hilde war ein unglückliches Mädchen. Ihre Schlagzeugausbildung hatte sie abbrechen müssen, so ganz ohne rechte Hand, da wollte sie keine Band haben. Beim Schwimmen wurde sie fast immer nur mehr disqualifiziert, da konnte sie schwimmen, so schnell sie wollte. „Mit beiden Händen anschlagen!", brüllte es von der entnervten Betreuerbank. Leichter gesagt als getan! *Sasha* hatte ihr Leben zerstört. Und wenn sie ihn im Fernsehen bei *Bravo*-TV sah, dann rief sie: „Na, bravo! Und wieder kann ich nicht mit beiden Fäusten auf den Bildschirm schlagen!" Hildes Freundin Hilde, der bei einem Rock'n'Roll-Akrobatik-Auftritt von ihrem Partner ein Bein ausgerissen worden war, Hilde war die Einzige, die Hilde wirklich verstehen konnte. Sie verstand die Rachegefühle ihrer Freundin. Zum Geburtstag schenkte sie ihr eine Eintrittskarte für ein *Sasha*-Konzert, hier sollte es zur großen Abrechnung kommen! Hilde *kam* rechtzeitig, um ganz vorne stehen zu können. *Sasha* betrat die Bühne. Er begann zu singen und wie immer Ausschau zu halten nach einem Mädchen, das er auf die Bühne ziehen konnte. Sein Blick fiel auf Hilde. Er trat an den Bühnenrand, zog an ihrer Hand, die Hand riss ab, und Hilde konnte nur noch sehen, wie *Sasha* ihre Hand auf den Berg von Teddybären und anderen Händen warf. Tja, ab diesem Zeitpunkt war Hilde ein Teenager, der echt scheiße drauf war.

Ingo Eggert
Er wachte auf, schlenderte schlaftrunken in den Stall seines Nachbarn und schlachtete alle 14 Milchkühe. Er häutete sie und schulterte die blutenden Tiere. Wieder daheim, legte er die Kühe auf sein Frühstücksbrett, und während er die Zeitung las, schlang er die 14 toten Tiere hinunter. „Was die immer schreiben!", schüttelte er seinen Kopf. Manchmal hatte er den Eindruck, die Welt spiele verrückt. „Alles Verrückte!", resümierte er und warf die Zeitung wutentbrannt ins offene Feuer, Ingo Eggert, 62 Jahre alt, Parodontosepatient aus Wolfsburg, der Erfinder der Milchschnitte für Kinder. Ingo Eggert gähnte und knackte so lange und stark mit seinen Fingern, bis sein Daumen brach. Widerwillig

und angeekelt fuhr er ins Spital. „Oh, der alte widerliche Eggert!" begrüßte ihn die geile Krankenschwester. „Hat das alte Schwein sich wieder was gebrochen, hä?" Ingo Eggert errötete. Um die peinliche Situation zu überbrücken und der jungen Frau zu imponieren, donnerte er seine Faust einem Stationsarzt ins Gesicht. „Ich habe die Kindermilchschnitte erfunden, vielleicht bekannt!", fragte er in die verdutzte Patienten- und Götter-in-Weiß-Runde. In diesem Moment betrat sein Nachbar das Spital. Schweigend hielt er ein selbst gebasteltes Transparent in den Händen, auf Kuhhaut stand dort geschrieben: „Ingo Eggert raus aus Wolfsburg". Ingo Eggert legte sich schwitzend auf ein Krankenbett und schloss die Augen. Sein Leben lief vor seinen Augen ab wie ein schlechter SAT1-Film: Geburt, Schule, Sex, die Erfindung der Kindermilchschnitte, aus. Sein Leben, geopfert einer Zwischenmahlzeit, alle Energie aufgewandt für so eine Scheiße! Angsterfüllt riss er die Augen wieder auf. Über ihm kniete die geile Krankenschwester. Sie riss sein Hemd auf, wie Millionen Kinder täglich die Verpackung einer Kindermilchschnitte aufreißen. „Nur damit Sie es richtig einschätzen, wenn ich jetzt mit Ihnen ficke, ist das für mich nicht mehr als etwas Sex für zwischendurch!" Am nächsten Morgen las er am Frühstückstisch im Wolfsburger Boten:

IRRE: GEILE KRANKENSCHWESTER UND ERFINDER DER KINDERMILCHSCHNITTE TREIBEN'S IM KRANKENHAUSFOYER!

„Alles Verrückte", dachte Ingo Eggert, während aus seinem kranken Zahnfleisch dicke Blutstropfen auf den Honig fielen.

Karel und Junta

Karel und Junta waren ein Brüderpaar, wie es unterschiedlicher nicht hätte sein können. Karel wurde 1953 zu zwölf Jahren Gefängnis verurteilt wegen schwerem Raub, Junta aber im gleichen Jahr zu 13 Jahren Kerker wegen schwerer Körperverletzung. Oft kam Olga von Dolega-Koscharowski ins Gefängnis, um ihre Söhne zu besuchen, die beide wegen schlechter Führung in Einzelhaft waren. Sie lächelte und sprach viel mit den anderen Gefangenen, weil sie ihre eigenen Söhne ja nicht sehen durfte. „Ich hab da schon zwei ganz verschiedene Söhne großgezogen!", sagte sie oft zu den Mithäftlingen von Karel und Junta. „Wissen Sie, Karel hat die Schule abgebrochen, und Junta hat keinen Schulabschluss. Karel ist schwul, aber Junta interessiert sich nicht für Mädchen, na ja." Für Olga von Dolega-Koscharowski war es ein unerklärliches Phänomen, so verschiedene Söhne aus ihrem dicken Bauch heraus in die Welt gezaubert zu haben. Den

Mithäftlingen war es aber scheißegal, was sie erzählte. Sie hatten gehofft, die dicke alte Frau hätte das Gespräch begonnen, um ihnen ihre Liebesdienste anzubieten. Weit gefehlt, ihr Knackis! Wisst ihr, Olga wollte reden, sich die Seele aus dem Leib reden und keine fremde, zusätzliche Seele in ihrem Körper spüren! So kam es, dass Olga bald schon allein im Besucherraum saß und leise vor sich hin redete. „Karel war zu anderen Kindern schon früh sehr gemein, und Junta wurde im Kindergarten von allen gehasst, weil er so widerlich war. Wie geht das zusammen?", fragte sie sich. Beide hatten doch das gleiche Zuhause gehabt, die gleiche Mutter und den gleichen Vater, der als Gelegenheitstransvestit die Familie über Wasser hielt in ihrer feuchten Wohnung; aber richtig über Wasser hielt, das Regenwasser stand zimmerdeckenhoch! Ihr Mann hatte den Kleinen doch alles geboten, zwar nichts, was sich Menschen wünschen, aber immerhin! Ihre beiden Töchter waren auf der Strecke geblieben, von einem Zug überfahren auf der Strecke Lima-Santiago. Sie hatte doch nur noch ihren Mann im kurzen Röckchen und die beiden Söhne, zu denen sie nicht vorgelassen wurde! In ihrem Muttertrieb steckte sie ihren dicken Kopf durch das engmaschige Drahtgitter im Besucherraum. So fest und so verzweifelt drückte sie mit aller Kraft ihren Kopf durch das engmaschige rostige Drahtgitter, dass ihr Kopf auf der anderen Seite in 64 Teilen ankam. Da lag er jetzt, ihr 64-teiliger Kopf, auf der Sträflingsseite. Am Abend kam die Putzfrau und kehrte alles weg. In der Zeitung des nächsten Tages stand nichts darüber. Darüber weint Lateinamerika noch heute. Und Österreich? Österreich ist sich wieder mal zu gut. Na, bravo.

Raritäten

Ihm war von Anfang an klar gewesen, das würde schwierig werden, aber es war nun mal sein Lebenstraum, in der City ein Raritätengeschäft zu eröffnen. Bloß, wo kriegt man diese verdammten Raritäten her? Das ist ja alles nicht so einfach! Wo gibt's denn aztekische Nasenhaarschneider oder mongolische Schrumpfköpfe malaisischen Zuschnitts? Alles natürlich aus dem Jahr vor anno scheiß der Hund drauf! Nein, er hatte auch weder Lust noch Zeit an die Popokatepetl-Ausgrabungsstätten zu fahren, wo irgendwelche Rauschebärte nach uralten zersprungenen Vasen buddeln, wo einmal eine Königstochter reingeschissen hat! Das kostet ja auch so viel, erst mal die Reise, und dann auch noch die Rarität! „Ich bin ja nicht blöd!", sagte sich der 29-jährige haftentlassene Frauen-, Kinder-, Männer- und Tiermörder Oskar Fontane. Der zuckerkranke und von Feuermalen im Gesicht entstellte Bluter Fontane war soeben nach einer 27-jährigen Haftstrafe aus der Jugendstrafanstalt entlassen worden. Er hatte im Alter von zwei Jahren einen zoologischen Garten zerstört und mitsamt allen Lebewesen ausgelöscht. Er war ein wütendes Kind, zornig bis in den Schnuller, hasserfüllt bis in die noch nicht vorhandenen Milchzähne und niederträchtig wie sein flüssiger Windelschiss. Aber im Gefängnis war aus Oskar Fontane ein anderer Mensch geworden! Dumm, träge, mundfaul und 40-mal brutaler als zuvor. Am Arbeitsamt war für ihn nicht mal ansatzweise was zu holen, also musste er sich selbstständig machen. Er wollte daher ins Raritätengeschäft einsteigen, aber – vorher schon erwähntes Problem – wo kriegt man den ganzen Scheißdreck her? Dieses Neandertalerwerkzeug oder Lendenschurze von bolivianischen Pygmäen? „Eben", dachte Oskar Fontane und eröffnete im Februar 1989 das schlechteste Raritätengeschäft der Welt. In seiner Auslage befanden sich ganze drei so genannte „Raritäten", und zwar eine Ausgabe der *Bild*-Zeitung von gestern, eine *Ray-Ban*-Sonnenbrille und ein Lederfußball, den er damals im Zoo einem von ihm ermordeten Kind gestohlen hatte. Er wurde zunehmend depressiver, weil sein Raritätengeschäft nicht so wirklich gut lief, um nicht zu sagen gar nicht. Im März 1989 setzte sich Oskar Fontane die *Ray-Ban*-Sonnenbrille auf, verdeckte sein Gesicht mit der *Bild*-Zeitung und schoss sich den Lederfußball in den Kopf, ein spektakulärer Selbstmord in einem Raritätengeschäft. Das war eine absolute Seltenheit!

Reinald und Raunhild

„Sind Sie sich sicher, dass Sie sich scheiden lassen wollen?" „Nö.", antworteten unisono Reinald und Raunhild. Damit war der Termin beim Scheidungsrichter wieder zu Ende. Die beiden stiegen ins Taxi, und kaum dass sie saßen, stiegen sie auch schon wieder aus, denn nach Taxifahren war ihnen in Wahrheit heute überhaupt nicht. Eine unglaubliche Unentschlossenheit zeichnete die beiden aus. Entscheidungsblockaden durchpulsten die beiden, seit sie lebten. Kinderwünschen folgten Abtreibungssehnsüchte, und bevor man zum Italiener essen ging, musste man auch noch sicherheitshalber beim Japaner, Griechen und Aserbaidschaner mehrere Tische bestellen, um dann letztendlich doch zu Hause zu bleiben. „Gar nichts essen, wegen der Linie. Das ist das beste!", meinte Raunhild und stopfte sich Sekunden später eine ganze Tube Mayonnaise in den Rachen. Buchungen für Wellness-Wochenenden und Selbstmordseminare wechselten im Affentempo. Hetero- und homosexuelle Neigungen, gnadenlose Treue und gleichzeitig verbissener

Ehebruch lieferten sich ein nicht enden wollendes Rennen. Bei einem Kamelausflug in der Wüste Sinai verdursteten Reinald und Raunhild, weil sie sich tagelang nicht entscheiden konnten, von welchem der beiden freundlichen Beduinen sie Wasser annehmen sollten. Man ließ die beiden Körper übrigens in der Wüste liegen, weil unser Pärchen sich im gemeinsamen Testament nicht hatte entscheiden können, auf welche Art sie bestattet werden möchten. Und die Moral von der Geschicht? Ich weiß es nicht.

Steckschweins schwerster Fall

Bis spät in die Nacht saß Steckschwein zusammen mit fünf seiner besten Mitarbeiter im Kommissariat und ging den Fall rauchenden Kopfes ein ums andere Mal durch. Eine alte Frau war ihrer Handtasche beraubt und anschließend mit bloßer Hand in Stücke gerissen worden. Neben den Leichenteilen lagen ein Reisepass und zwei Herrenschuhe. Eine blutige Fußspur führte in das nahe gelegene Schirmgeschäft des mehrfach vorbestraften geistig abnormen Rechtsbrechers Walter Spaßmann. Mehrere Passanten hatten die Tat fotografiert und auf Video festgehalten, außerdem hatte Spaßmann ein Geständnis abgelegt. Auch das Motiv war eindeutig: Die Ermordete war seine verhasste Schwiegermutter, die er seit

Jahren regelmäßig mit dem Tod bedroht hatte und insgesamt 14-mal bisher auch versucht hatte umzubringen. „So weit, so gut", resümierte Steckschwein, was allerdings für eine Anklage fehlte, war ein eindeutiger Beweis. Steckschwein wusste, alles was sie bisher herausgefunden hatten, würde vor Gericht niemals als Anklage reichen. Steckschwein, der alte bullige Oberhauptkommissar, verzweifelte und beschloss resignativ, den Fall Spaßmann zu den unerledigten Fällen abzulegen. Dann aber, Wochen später, trat unerwartet und plötzlich Kommissar Zufall auf den Plan. Ein Barthaar Spaßmanns wurde auf seiner eigenen Wange gefunden, und der Samen, der ihm bei einer Routine-Verkehrskontrolle entnommen wurde, stammte laut DNA-Analyse mit an Sicherheit grenzender Wahrscheinlichkeit von ihm! Jetzt saß Spaßmann wirklich in der Klemme. Als dann auch die Speichelprobe aus seinem Mund eindeutig als Speichelprobe aus seinem Mund erkennbar war, atmete Steckschwein erleichtert auf. Wieder einmal hatte Steckschwein einen aussichtslos erscheinenden Fall gelöst!

Die Blumenverkäuferin

Die Blumenverkäuferin war müde. Sie hatte den ganzen Tag Hyazinthenstängel und Chrysanthemenblätter geschnitten, Muttertagsträuße zusammengestellt,

Stiefmütterchen gewaschen und Kakteen gefickt. Ja, auch Blumenverkäuferinnen brauchen Liebe und Zärtlichkeit. Und wir Pflanzenfreunde wissen, der Vibrator der Blumenverkäuferinnen ist und bleibt der Kaktus, der mit seiner penisähnlichen Form prädestiniert dafür zu sein scheint, in Mußestunden als dornenreicher Liebespfeil zu dienen. Nun war sie also erschöpft, erschöpft vom Einsetzen der Maiglöckchen, vom Umtopfen der Yucca-Palmen und vom Zuschneiden der Gerbera und vom vielen Kaktusficken. Es war kurz vor 18 Uhr, und die Blumenverkäuferin war rechtschaffen müde. Müde vom Flechten der Grabkränze, vom Sonnenblumen in die Vasen Stecken, vom Regenwürmer aus der Erde Ziehen, vom Anpreisen der Dahlien und vom stundenlangen Kaktusficken. Nun also war sie wirklich müde, die Blumenverkäuferin. Müde vom Holzentchen in die Töpfe Stecken, vom Schleifchen um die Blumen Binden, vom Grüß-Gott-was-hätten-Sie-denn-gern-Auf-Wiedersehen-Gesage und vom ausufernden Kaktusficken. Jetzt war sie also ordentlich ermüdet. Sie hatte Lilienblüten eingesprüht und Magnoliensamen eingesetzt und Tulpenstiele neu geformt und hatte kurz vor Ladenschluss das schöne Gefühl, im prachtvollsten Blumenladen der Welt zu arbeiten. Alles strahlte, duftete und blühte. Nur die zehn Kakteen sahen etwas mitgenommen aus.

Gerti
Die Putzfrau war gelinde gesagt überrascht, als sie auf dem Frühstückstisch diese Botschaft der Hausherrin fand: „Liebe Gerti! Mein Mann schläft noch in der Waschmaschine. Bitte ausräumen, danke. Und bitte Spinnweben vom Körper wegmachen! Geld liegt auf dem Tisch. Gruß, Roberta". Gerti setzte sich erst mal hin und genehmigte sich ein Gläschen Bier. Und dann ein Fläschchen, und dann noch ein Gläschen. Roberta hatte inzwischen so viel Dreck am Stecken, dass es einem Hohn gleichkam, nur einmal die Woche eine Putzfrau kommen zu lassen. So viel wie hier in diesem Haus unter den Teppich gekehrt werden musste, da hätte man eine 24-Stunden-Putzkolonne gebraucht! Gerti stand auf und ging zum Kühlschrank. Ein Fläschchen Weißwein lachte sie an. Mit dem Weißwein und der Karaffe Portwein setzte sie sich wieder resigniert an den Frühstückstisch. „Mein Mann schläft noch in der Waschmaschine", diese arschgesichtigen Yuppies! Gerti sah sich um: der Parkettboden versifft, rohe Fischstücke und getrockneter Seetang, Sojabohnen, auf dem Holztisch ein Wasabi-Rest. Drecksgesindel. Früher hatte es noch echten Schmutz gegeben, Brotkrümel, Saucenflecken, Gulaschstücke auf den Fliesen, Sauerkraut im Bustier, gestandener Dreck eben! Und nicht dieser ostasiatische makrobiologische Sondermüll ihrer

Fitnessdreckschweinarbeitgeber! Aus ihrer Tasche holte Gerti den Absolut-Wodka und nahm erst mal einen kräftigen Schluck. In ihrer Schürze fand sie einen Joint. In tiefen Zügen inhalierte sie ohne auszublasen. Erst, als sie fertig geraucht hatte, genehmigte sie sich zwei drei Schnäpschen, und dann erst den vierten. Bestimmt war Roberta wieder um 6 Uhr aufgestanden, joggend ins Fitnessstudio gelaufen und hat dann erst am eingelegten Ingwer genippt. Roberta musste mit ihrem Filofax auf die Waage steigen, damit die Waage wenigstens ein bisschen ausschlug! Narzisstische Drecksau. Prost. Gerti blieb erst mal sitzen und trank ein Gläschen Aquavit. „Und bitte Spinnweben vom Körper wegmachen." Wahrscheinlich! Soll sie sich doch um ihren Arschlochmann kümmern! Soll sie sich doch selbst drum kümmern! Bin ich hier die Putzfrau oder was? Gerti biss in das große Stück Käseleberkäse, das sie sich mitgebracht hatte. Schwerfällig erhob sie sich vom Küchentisch und wankte zum Telefon. Sie rief ihre Schwester Trine in Buenos Aires an, die dort vor 20 Jahren als Putzfrau während der Militärdiktatur Karriere gemacht hatte und jetzt in der Scheiß-Demokratie tief gefallen war. Drei Stunden telefonierten die Schwestern miteinander. In Buenos Aires gab's auch nichts Neues. Gerti sah auf die Uhr. Noch eine Stunde, dann war ihr Job beendet. Aus reiner Neugier ging sie in den Waschraum. Tatsächlich, aus der Waschmaschine kamen Schnarchgeräusche. Ekelhaft. Irgendwann hatte auch Gerti genug, irgendwann ist Schluss! Die Spinnweben von fremden Männern abmachen. Irgendwann reicht's! Sie schüttete eine ganze Packung *Omo* auf den Penner, schloss blitzschnell die Trommel und stellte die Maschine auf 90° ein. Mit einem Fläschchen Jägermeister saß sie vor der Maschine und betrachtete ihren Arbeitgeber, der jetzt offensichtlich wach geworden war. „Ach, auch schon wach der Herr, was? Während unsereiner hier seit Stunden schuftet, ist der Herr sich ja scheinbar zu fein aufzustehen! Wohl was Besonderes, der Herr!" So redete Gerti vor sich hin, bis es Zeit war zu gehen. Sie nahm ihre Tasche und das Geld vom Tisch und ging zu ihrem nächsten Job, nicht ohne zuvor noch einmal höflich in den Waschraum zu rülpsen.

Der Dutt

Es war verheerend peinlich. Über Nacht war ihm ein Dutt gewachsen. Ein unzerstörbarer, unabrasierbarer, steinharter, aschgrauer, 30 Zentimeter dicker Dutt! Und das ihm, dem österreichischen Justizminister Doktor Dieter Böhmdorfer. Ein straußeneigroßer Dutt aus dichtem, drahtigem Haar. Doktor Dieter Böhmdorfer sah aus wie seine eigene sudetendeutsche Großmutter. „Oh mein Gott! Mein lieber Scholli.“, dachte Doktor Dieter Böhmdorfer, als er sich im Spiegel verquält betrachtete. „Was macht das denn jetzt für einen Eindruck auf der Bude, beim Mensurfechten, beim Bierkrugstemmen, beim Singen der schönen nationalen Liederchen, beim Prost auf Deutschland? Verdammte Scheiße noch mal, so ein Drecksdutt! So ein Hurendutt! Ich bin geliefert.“, ereiferte sich der im wahrsten Sinn des Wortes verduttzte Justizminister Doktor Dieter Böhmdorfer. Der Dutt thronte wie ein weibisches Kainsmal auf seinem Haupt. Er riss und zerrte und zog und rüttelte an seinem Dutt, aber vergebens. Schweißgebadet stand der liebe Justizminister nackt in seinem Badezimmer und ergab sich resignativ der Situation, fügte sich gleichsam in sein seltsames Schicksal. „Immerhin.“, murmelte Doktor Dieter Böhmdorfer leise vor sich hin, „Immerhin ein Dutt. Ein schöner deutscher Damendutt. Ja, ein Dutt! Keine Negerzöpfe!“, sagte er pragmatisch, schälte sich in Anzug und Krawatte und schritt mit stolz geschwellter Brust und keckem Dutt ins Parlament, wo er sich wie immer im Justizausschuss vehement gegen eine Änderung des Homosexuellen-Paragraphen im Strafgesetzbuch aussprach. Dutt sei Dank, business as usual.

Doktor Paulchen staunt nicht schlecht

„Oh, wow, das gibt's ja nicht! Unglaublich!" Er riss die Augen weit auf. Ja, Doktor Hermann Paulchen staunte nicht schlecht. Wenn Doktor Paulchen etwas konnte, dann war das staunen, nicht schlecht staunen. Doktor Paulchen staunte jedes Mal so, als sähe er alles zum ersten Mal. Wenn die Ampel von Rot auf Grün sprang, hörte man Doktor Paulchen erstaunt rufen: „Darf das wahr sein? Das gibt's doch alles nicht!" Für die Semmeln, die in der Bäckerei lagen, hatte er ein „Ich fass es nicht, wie gestern und vorgestern! Jeden Tag gibt's hier S – E – M – M – E – L – N!" Oft forderte er die irritierte Bäckerin auf, ihre Semmeln zu fotografieren, damit Leute, die nicht dabei sind, das auch glauben! Ohnmächtig vor Erstaunen wird Doktor Paulchen dann, wenn seine Mutter bei Regen einen Regenschirm aufspannt oder abends mit einem Wurstkranz nach Hause kommt. „Das gibt es einfach nicht! Das gibt's nicht! Wo ist der Fotoapparat, Mutter?" Wenn Mutter Paulchen dann den Fotoapparat herauskramt, ist es um Doktor Paulchen restlos geschehen. „WAS IST DAS DENN?!! Unglaublich, ein Fotoapparat!!! Das hat die Welt noch nicht gesehen!" Ein Kind mit Brille, ein Hund an der Leine, nur eine Brille, nur eine Leine, ein Schatten, elektrisches Licht, ein Mann, eine alte Frau, Käse, ein Esel und so weiter, die Liste der stauneswerten Dinge und Zustände ist so lang wie die Liste der Dinge und Zustände auf der Welt. Mangelnde Begeisterungsfähigkeit konnte man Doktor Paulchen also beileibe nicht vorwerfen. Künstler liebten Doktor Paulchen. Kabarettisten spielten ihm vorab ihre Stücke vor, um sich einen Motivationsschub zu holen. Architekten hielten ihm reihenweise ihre neuesten Entwürfe unter die Nase, ganze Heerscharen an verzichtbaren Experimentalfilmern zeigten ihm ihre Werke, Tanztheater spielten nur für ihn, von den Zauberern ganz zu schweigen. Doktor Paulchen staunt nicht schlecht. Am 13. November 1998 geschah etwas, das zum ersten Mal alle anderen zum Staunen brachte. Etwas Unglaubliches geschah: Ein sechsköpfiges Wesen, halb Mensch, halb Kaffeemaschine, riss den Himmel mit ohrenbetäubendem Geschrei entzwei und landete, begleitet von Millionen weißen Tauben, auf dem Dach der Bushaltestelle, an der Doktor Paulchen stand. Doktor Paulchen blickte nur kurz mit dem linken Auge auf, murmelte: „Tag.“, und stieg in den Bus. Da wussten alle, es war vorbei. Bye bye, Staunemann. Bye bye, Doktor Paulchen.

Eineiige Zwillinge

Da saßen sie am Frühstückstisch, mit hochroten Köpfen und wütendem Blick Messer wetzend. Die

Zwillinge Erika und Barbara tobten. Sie hatten sich nie gemocht. Erika hasste die blonde Barbara, und Barbara verabscheute die klein gewachsene, brünette Erika. Nichts deutete darauf hin bei den beiden, dass sie Zwillinge waren. Und das war aus Sicht der Mädchen auch gut so. Sie waren halt wenige Minuten nacheinander auf die Welt gekommen, aber ähnlich? Ähnlich sahen sie sich nicht. Die blonde Barbara hatte unter schwerer Akne zu leiden, während Erikas Haut zwar tadellos, dafür aber ihr linkes Bein kürzer als das rechte war. Um die Hälfte kürzer, was zur Folge hatte, dass Erika furchtbar schief ging. Die beiden 17-jährigen Mädchen waren auch im Wesen unterschiedlich. Barbara war eine aggressive begeisterte Töpferin und Nationalsozialistin, die sich vehement dafür einsetzte, dass auch in Slowenien alle Ortstafeln die Ortsnamen auf Deutsch angeben, während Erika mit anderen schief gehenden Mädchen eine Autonomengruppe gegründet hatte. Die schiefen Mädchen beklebten österreichweit Ortstafeln mit achtsprachigen Aufdrucken. „Das albernste sind Zwillinge, die sich so ähnlich sind, dass man sie nicht unterscheiden kann!" Darin immerhin waren sich die kugelrunde Barbara und die gertenschlanke Erika einig. Es gibt ein Menschenrecht auf Individualität! Und dann das: nur ein Frühstücksei für die Twin-Girls. „Was soll das, Mutter?", schrie

Barbara. „Haben sie dir ins Hirn geschissen, Mutter?“, brüllte Erika. „Nur ein Ei für uns beide?!“, schrien und brüllten sie im Chor so laut, dass der Nachbarshund starb. Hunde haben ja ein so unfassbar empfindliches Gehör. „Wir sind doch keine eineiigen Zwillinge, Mutter!“ „Ach, leckt mich doch am Arsch.“, antwortete ihre Mutter ruhig und stopfte sich das ungeschälte Ei in den Mund. Die Schalen knirschten laut. „Ach, Zwillinge.“, stöhnte sie genervt.

Alltag in Kabul

Herrlich, diese neue Freundin! Wer eine starke Raucherin zur Freundin hat, braucht keinen Wecker. Mahmut wurde auch so wach. Punkt sieben Uhr rasselte ihre Lunge so stark, dass es ihn aus den tiefsten Träumen riss. Herrlich, dieses Rasseln! Mahmut zog sich den Kaftan mit den Leuchtstreifen an und verließ das Haus. Mahmut war Schülerlotse in Kabul. Auf dem Weg zu seiner Straßenkreuzung las er seine Lieblingszeitung, die zensurierte Ausgabe von *Bravo*. Herrlich! Die Sittenwächter hatten alle Seiten rausgerissen bis auf das Foto eines Schafs. Die unzensurierte Ausgabe der *Bravo* hatte Mahmut immer nervig gefunden. Diese idiotischen Fotostorys! Und die blöde *Doktor-Sommer*-Seite! Jede *Bravo* lässt sich auf ein Schafsfoto reduzieren und gewinnt dabei noch. Musik zu hören hatten die Sittenwächter ja Gott sei Dank auch verboten, nachdem im Taliban-Fernsehen ein Video von *DJ Ötzi* gelaufen war. Sein Job als Schülerlotse war gar nicht mal so leicht. Ständig verfingen sich Bärte in den Speichen von Motorrädern. Am gefährlichsten waren Frauen am Steuer. Dadurch dass sie vollkommen verschleiert waren, auch im Gesicht, konnten sie beim Fahren überhaupt nichts erkennen und fuhren deshalb regelmäßig vor andere Autos, vor Häuser, vor Menschen, vor Tiere und auch vor den armen Mahmut. Wie Mahmut da so an der Kreuzung stand, in seinem martialischen Schülerlotsenkaftan, und seinen heldenhaften Kampf mit dem verrückt gewordenen Verkehr führte, wäre niemand auf die Idee gekommen, dass hier jemand war, der nachts in Frauenkleidern geht! Mahmut nämlich war Kabuls einziger Hobby-Transvestit. Nach der Arbeit kaufte er Zigaretten für seine Freundin. Während sie dann die ganze Nacht *Milde Sorte* rauchte, zog er sich ihren blauen Ganzkörperumhang an, mit dem engmaschigen Sichtfenster aus Draht vor den Augen, und zog freudestrahlend um die Häuser. Herrlich, diese Frauenmode! Zumindest für Transvestiten, die nicht erkannt werden wollen. Mahmut war glücklich. Und so verging der friedliche Tag eines ganz normalen Mannes in Kabul.

Lass die Maus aus, Marie!

Pensionistenheim Amstetten. Das Ende eines Lebens, in einem Heim am Arsch der Welt. In Ketten mit Tabletten in Amstetten. Ein leeres, altes Gesicht spiegelt sich wirr im Bildschirm einer virtuellen Welt. Traurige Gichtfinger tappen furchtsam über Tasten. Matte, müde Augen mühen sich blinzelnd durch die Zeilen einer viel zu neuen Welt. Maria Koppendorfer, wenn du uns hörst, du Seele eines Menschen: aus alt mach neu? Aus alt mach neu, das geht nicht. Aus neu wird alt, aus warm wird kalt, Maria. Soll der Cyberspace dir jetzt den lieben Enkelsohn ersetzen? Da werden Tränen tropfen auf die Tastatur. Wo sind die Menschen? Wo die Freunde, die dir dein Leben fröhlich machten? Maria, du brauchst doch zwitschernde Vögel, du brauchst aufgehende Sonnen, ein kühlender Regenguss, wenn heiß dir ist in deiner Haut, für die du ja nichts kannst, aus der du ja nicht fahren kannst. Die Tür im Altersheim Amstetten, an die nie wer klopft, einzig einmal der Herr von *Microsoft* zum Installieren und Abkassieren. Und dann? Dann fällt sie zu. Und über allen Rollstuhlkissen ist dann Ruh. Zahnlos im Internet, schwerhörig trotz *Real Audio.* Darf ich vorstellen: Maria Koppendorfer, Pensionistenheim Amstetten, Zimmer 14. Mach das Licht aus, wenn du gehst, Maria. Wer stürzt zuerst ab, der Computer oder die Menschlichkeit? Nächstenliebe oder „Datei Maria verloren“? Codewort: Einsamkeit. Zimmer an Zimmer, neben Maria Olga, neben Olga Anna, neben Anna Paul, neben Paul Adolf. Und wenn Maria den Chatraum dann für immer verlässt, dann dreht Adolf noch seine bizarren Runden durch die Neonaziseiten, als altes wirres virtuelles Oberarschloch, und Maria sagt „adieu“ und „mfg“. Die Schwester drückt das Kissen immer fester dir aufs Gesicht, vielleicht, ich hoffe nicht, ich will nichts unterstellen. Klick auf „Hilfe“. Klick auf „Hilfe“, Maria! Error, Exit, aus der Traum, weggeworfen. Druckerstau im Papierkorb der Gefühle, in Amstetten, Pensionistenheim, wo das Surren des Computers einziges Lebenszeichen ist. Ein Leben seit 1898, ein Name. Klick auf „Dokument“, gespeichert, abgehakt, keine Links zu irgendwem. Suchprogramm hat nichts gefunden. Suche erweitern sinnlos, zwecklos, klick. Diskettensarg. Kalte Festplatte, an der niemand sitzt. Webmaster goodbye. Maria! Maria, hörst du uns? Maria, Stermann und Grissemann betreten betreten den Raum. Wir sind echt, nicht Lara Grissemann und Dirki Croft, echte Menschen, weißt du, Fleisch und Blut, dein eigen vielleicht! Man weiß es nicht, ich will nichts unterstellen. 1898, viel ist passiert seither. Zwei Jahre warst du alt, Mariechen, als das Jahrhundert sich gewendet, 102 beim zweiten Mal. Lass die Maus aus, Maria. Lass die Maus aus.

Leg dich her, erzähl uns von K u. K und FKK, von Breschniew und Thomas Mann, von Schnitzler, Zweig und Alma Mahler. Die Geschichten sind Geschichte. Lass die Maus aus, Maria. Ein Klick in die Vergangenheit, in die Verfangenheit. Wer war's, der sich verfing in deinem Lachen, der Kinder dir geschenkt, die heut zu dir wie Blinde sind? Du denkst manchmal an sie, doch, Altzheimer sei Dank, erinnerst du dich nie. Mach dir's bequem, Maria. Nimm die Zähne raus und lausche deinen eigenen Gedanken, für die du kein Gebiss mehr brauchst. 1898, Zeit der Ritter und der Handwerksleut', Zeit der Huren, Diebe, Räuber, der Allmacht der Fürsten und der Industrie, mittendrin Marie! Zeugin einer Welt aus Lug und Trug, aus Wahrheit, Mut und Handgepäck. Wie oft fuhrst du im Zug, Marie, töff töff, von Danzig bis nach Posen, von Warschau bis nach Prag, von Wien bis nach Salzburg, „Guten Abend, gnä' Frau!", tönt's noch so in deinen Ohren, Marie? Der hübsche Kellner mit dem schönen Knie, er stieß mit diesem Knie an dein's. Ihr wurdet Mann und Frau, 1921, Spätherbst, Vollmond, Liebestaumelei, vielleicht, ich mein, wir wissen's nicht. Komm, lass die Maus aus, Marie. Datenbanken sind in dir, hol die heraus. Aus. Lass die Maus aus, Marie. Aus deinem Herzen. Na, sag, wo hielt der Zug, Maria Koppendorfer, der Zug der Zeit? Das Internet kann dich nicht retten, dein Zug blieb stehen in Amstetten, Verladebahnhof für verlorene Seelen. Nimm die Perücke ab, Maria, und hol aus uns'rer Manteltasche ein Fläschchen Gin. Den Tee schütt ins Klosett, und auch das Scheiß-Internet! Ein Stückchen Schokolade? Ein Zug von Stermanns Zigarette? Erzähl, Marie, erzähl aus deiner Welt! Wie war das, 1941? Fünf Buchstaben: N S D A P. Warst du dabei? Dafür? Dagegen? Was dachtest du? Erzähl es uns! Warst du im Widerstand oder, wie die meisten damals, nicht bei Verstand? Und dann, als alles abgebrannt, hast du gelöscht? Mit Wasser oder Tränen? Erzähl es uns, ich deck dich zu, Stermann macht die Kerze an. Komm, wir trinken auf dein Wohl, Marie! Kino, das bewegte Bild, und du, eine bewegte Frau in bewegten Zeiten. Komm, Marie, lach noch einmal über Charly Chaplin, Buster Keaton! Was sagst du, die Hindenburg? Du warst dabei? Im Zeppelin über New York, Neu Amsterdam, du Trümmerfrau? Und zur Musik von Johann Strauß gab's Karotten unterm Weihnachtsbaum. Die Zeit war schwer, dein Leben lang. Und dann die Kinder: Johann, Albert, Clara, ohne Kreißsaal, auf dem Land. Im Kindbett starb dir Albert weg. Suchst du ihn jetzt im Internet? Stichwort „Albert", Suche negativ. Lass die Maus aus, Marie, lass die Maus aus. Erzähl uns weiter. Lass sie raus, die Maus. Komm, lass sie aus. Koch doch für uns, Marie! Koch, Marie, genau, koch für uns noch einmal Sauerkraut und Eisbein, wie damals einst für deinen Mann, „Eisbein für den Einbein", sagtest du im Scherz, weil er im Krieg ein Bein verlor, in Weltkrieg Nummer 1, in Nummer 2 verlorst du ihn dann ganz, nicht nur das Bein. Du fortan dann ganz allein. Haushalt, Kinder, Mühsal, Elend, voller Mühsam, die Münchner Republik, Revolution war damals schick! Viktor Adler und der Doppeladler, Radler sah man auf den Straßen, Autos manchmal auch. Und die Pferde, sagst du, zogen immer seltener durch die Stadt, dafür, sagst du, in Fleischhauereien, weil auch von Gäulen wird man satt. Steig auf, Maria. Steig auf, steig auf. Steig auf, Maria, ein letztes Mal, und reite mit uns durch die Datenautobahn, log dich ein, in deine eigene Vergangenheit! 1962: Du wurdest große Mutter. Johann schenkte dir den Enkelsohn, den Edi. Edi, du weißt schon, der, der dich ins Altersheim und um dein Geld gebracht, der heute in der Metall verarbeitenden Industrie den Vizechef gibt. Sag mal, Marie, wann hast du dich verliebt?

Lass die Maus aus, Maria, hast es selbst gehört. Lass sie aus und denk an früher. Denk daran, wie es war. Weißt du noch? Wann hast du dich verliebt, ein zweites Mal, du stolze lustige Witwe, du? 1951 in Graz, die Hochzeit '52, Mai, und im August, da war er tot. Ein Blitzschlag hinter der Garage. Das Auto war schon drin, nur er, der Gilbert, biss ins Gras. Du natürlich wieder allein, kummervoll, neue Falten. Wer sollt' es dir verdenken, Marie? Und dann die neue Hüfte und der erste Aufenthalt im Krankenhaus, da war's wie heut', Marie. In deinem Zimmer, Nummer 14, roch's nach Aniskraut, von dir selber angebaut, du Gärtnerin deines Geschicks! Statt deiner Hüfte hattest du Tomaten, Bohnen und das Zwiebelkraut. Mit künstlicher Hüfte zurück zur Natur! Der Drahtesel war dir Begleiter, über Wiesen, über Stock und Stein, durch Wälder, Äcker, Ländereien! Marie, was ist? Wach auf, Marie. Marie, wach auf und reib dir deine Augen, die der Bildschirm ruiniert. Du bist ja ganz downgeloadet, Marie! Musik, Marie, Musik! Wir wollen tanzen! Stermann ist ein Galan und tanzt mit dir den Cha Cha Cha rund ums Krankenbett, Cha Cha Cha …

Jetzt ruh dich aus, Marie, mein Schatz. Ich hol ein Glas mit Wasser dir. Pass auf, trink dein Gebiss nicht mit. Grissemann, was sagt sie? Wie hieß Marias beste Freundin? Friederike, Dirk, so hieß sie. Friederike, gell Marie, du weißt es gut, durch dick und dünn und Pferdestehlen, und weißt du noch, die gemeinsamen zwei Tage in Venedig? Nicht mit Gilbert oder Edi, nein, der Freundin! Zwei Tage Urlaub in 100 Jahren, das ist nicht viel, Maria. Du weißt vielleicht, Maria, heutzutage bucht man zack zack im Internetz, Dom. Rep., all inclusive, alles inklusive, auch das Schlimme. Das ist nicht mehr deine Welt, Maria, in solchem Chatroom kannst du nur verlieren. Was du erzählst, wird niemand interessieren. Dort musst du sprechen über Modernes, während du doch moderst. Verzeih, Marie, doch ich mein's gut. Sieh nur, Marie, Stermann wäscht sich die Hände. Wie du damals in Unschuld 1972, als Friederike, bei dir zu Besuch, kopfüber von der Terrasse flog. Hinter der Garage kam sie auf, genau dort, wo Gilbert einst der Blitzschlag traf! Marie, gabst du ihr einen Stoß? Nein, Marie, wir wissen, nein. Doch das Jahr in Untersuchungshaft hinterließ Spuren. Deine Warzen wurden mehr, du, 74 Jahre alt, in U-Haft. „Im Zweifel für die Angeklagte", sagte der Richter. Du kamst frei und feiertest den 75sten allein, die Nase plattgedrückt am Glas deines Terrariums, ein Geschenk von Edi. Das zeigte dir sofort, wie wenig er dich kennt, du hast doch Angst vor Krokodilen! Wie nanntest du sie? Fressende Handtaschen. Mein Gott, dein Sinn für Humor, Marie, ein eigenes Kapitel wert. Friederike, kurz vor ihrem Tod, sie schwitzte, weil ihr war so warm, sie sagte: „Puh, im Schatten 30 Grad!", und du dann drauf die Pointe: „Dann geh doch aus dem Schatten raus!" Was haben wir gelacht, Marie. 100 Jahre haben wir mit dir gelacht, Marie, geweint, Marie, geliebt, Marie. Oh Marie, sieh nur, Stermann weint! Es ist, weil, Marie, du weißt es selbst, seit du 80 Jahre alt geworden bist, da fing sie an, die Altersbosheit. Du hast das Krokodil vergiftet. Warum? Das Röcheln des gepanzerten Tiers drang bis auf die Straße, Marie. Man dachte, du bist es. „Die stirbt!" Und der Notarzt fand das verendete Krokodil, während du schallend lachend im Ohrensessel saßt. Aber dann, Marie, du erinnerst dich, die Jahre in der Psychiatrie, bis 95, 15 Jahre, eineinhalb Jahrzehnte. Das war der Preis, Marie. Medikamente stellten dich ruhig, du wurdest leise. Komm sing, Marie! Sing, Marie! Sing für mich noch einmal ein Lied aus längst vergangener Zeit, Paulchen Kuhn, oder das „Grüner-Kaktus"-Lied! Mit Schalmeien werd ich dich begleiten! Marie, lass die Maus aus, Marie, und denk an all die Freunde aus der Psychiatrie! Da war der Knut, der Hermann und der Manfred, die Else und die Ruth, ach, wie gut das tut, das Denken an früher, Marie! An deinem hundertsten Geburtstag, Marie, gab dir der Bürgermeister seine Hand. Du hast ihn nicht erkannt, hast einfach aus dem Mund getropft. Hast einfach aus dem Mund getropft. Hast einfach aus dem Mund getropft. Wir gehen jetzt, Marie. Wir gehen jetzt, Marie. Lassen 100 Jahre 100 Jahre sein. Fass die Maus an, Marie! Schalt den Computer ein, Marie! Kennwort: Einsamkeit. Bei so viel Ruhe möcht' man schreien, Marie. Marie. Schrei's durchs ganze Internet: world wide weg. Marie tut alles weh weh weh. Maria.aus-schluss.ad. Ade.

Pummel

„Ui. Uije, uijemine.", sagte er, als er versehentlich einem alten Rind ins giftige Rückenmark biss. Was für ein Fehler, was für ein Riesenfehler, dachte er. Von einem Fettnäpfchen tapste er ins nächste. 1986 war er auf Frischluftkur in Tschernobyl; im Jahre 2000 war er in Paris besoffen auf der Startbahn des Flughafens *Charles de Gaulle,* wo ihm ein großes Metallstück aus der Jacke fiel. Die Folgen sind bekannt. Und hätte er in Galtür mit der rechten großen Zehe nicht wütend in den Schnee gestampft, hätte sich auch das eine oder andere verhindern lassen. Menschenskinder, es gibt Leute, die ziehen das Pech richtig an. Pummel war so einer. Der dicke Knecht Pummel, der in einem Agrarbetrieb sein tristes Dasein fristete, wollte einmal im Leben auch was Kreatives tun und schrieb das Drehbuch zu „Ternitz Tennessee". Und hätte Pummel 1969 nicht in Afrika diesen perversen Sex mit einem Rudel Affen gehabt, na ja, wer weiß, ob dieser teuflische Virus uns allen nicht erspart geblieben wäre. Dass Pummel kein einziges Fußballspiel der österreichischen Nationalmannschaft in den letzten 50 Jahren versäumt hat, kann auch kein Zufall sein. Geh weg, Pummel.

Kennwort „Steiler Zahn"
Mein Name ist Roger Rusche. Kann ich noch mal anfangen?

Hällöchen, ich bin der Roger. Das ist doch alles Scheiße! Kann ich noch mal anfangen? Oder soll ich gleich abhauen?

Hello, hier sitzt der Roger. Ein Mann, der ... so ein Dreck: „ein Mann" ... – das bin ich doch verdammt nochmal selbst. Hören Sie auf, mich so blöd anzugucken, ich hau Ihnen gleich ... Ich beginne noch einmal.

Ich heiße Roger und bin 32 Jahre alt und ich ... das bringt ja überhaupt nichts. „Ich heiße Roger ... " – das klingt doch total blöd. Rudi, sag diesen beiden Moderatorenarschlöchern, wenn sie nicht sofort aufhören, so blöd zu gucken, dann hau ich die windelweich!

Guten Abend, Rusche mein Name, ich bin nach einer schweren Krankheit kurz vor einer Erholungsreise nach Tunesien und suche für diesen Urlaub eine weibliche Begleitung. Das ist doch affig? Glaubt hier irgendjemand im Ernst, dass auf mich irgendeine Braut das draußen scharf ist? Rudi, das ist doch lächerlich, ich kann mir beim besten Willen nicht vorstellen, dass es irgendjemanden gibt, der auf Typen ohne Zahnfleisch steht. Ich fange noch einmal an. Ich heiße Rudi, Quatsch, Roger Rusche, und ich leide unter einer ekelhaften Parodontitis. Meine Zahnhälse sind bis zur Zahnwurzel sichtbar, also völlig frei stehend. Um es klar zu sagen: ich habe kein bisschen Zahnfleisch mehr und mein Zahnfleischschwund ist so stark, dass sogar meine Lippen davon befallen sind und sich mehr oder weiniger aufgelöst haben. Um die Wahrheit zu sagen: meine Lippen sind weg. Ich hab stattdessen zwei rot gefärbte Nacktschnecken auf den Zahnhälsen oben und unten picken, sodass ich trotzdem küssen kann. Wenn du in der Ausbildung zur Mundhygienikerin oder Dentistin bist, solltest du dich melden. So eine Bildungsreise in Sachen Zähne und Zahnfleisch wirst du so schnell nicht wieder machen können. Melde dich unter „Steiler Zahn" bei FM4.

Kennwort „Siegfried"
Mein Name ist Hans Jürgen Brockmeister und ich suche eine weibliche Person für eine Bildungsreise nach Worms.

Ich bin 53 Jahre alt und Justizvollzugsbeamter im verschärften Strafvollzug für sexuell motivierte Straftäter. Meine Interessen sind Uniformen und das Leben des SA-Führers Röhm. Meine bei einem Jagdunfall verstorbene Frau hat mir sieben brave Kinder hinterlassen. Wahnfried, Wolf und Wilgunde werden uns auf der Reise durch deutsche Lande in gelockerter Bundesheer-Uniform begleiten. Ich selbst werde im Original-Offiziersmantel des SA-Führers Ernst Röhm über deutsche Erde schreiten. Für diese Unternehmung suche ich eine anständige Frau zwischen 40 und 52, für die Treue und Mut Werte sind, für die es sich zu leben lohnt. Wenn Sie die starke Verpflichtung spüren, mich und meine Kinder zu begleiten, melden Sie sich unter dem Stichwort „Siegfried" an FM4.

Kennwort „Urlaubsflirt"
Mein Name ist Bertram Eisensack. Ich bin 29 Jahre alt und mache seit drei Jahren eine Lehre bei einem Beerdigungsinstitut. Durch einen Gendefekt bin ich seit meiner Geburt vollkommen haarlos, und durch eine Pigmentstörung ist meine Körperfarbe gelblichgrün. Ich suche eine weibliche Begleitung für meinen vierwöchigen Urlaubstrip in das niederösterreichische Gruben- und Höhlengebiet Hohe Wand, wo ich mich mit dir ohne fremde Nahrungszusätze ausschließlich von dem ernähren möchte, was der Boden zur Verfügung stellt. Molche, Olme, Insekten und Gewürm. Entgegen der herrschenden Meinung ist das eine äußerst eiweißreiche Nahrung. Kriechend werden wir in ewiger Dunkelheit ohne Kopflampe etwa zehn Meter unter der Erde auf feuchtem Stein robbend das schöne Niederöster-

reich von unten erleben. Meine sehr starken, sexuellen Triebe werde ich selbstverständlich ausleben. Du solltest nicht unter 60 und stark behaart sein. Melde dich unter „Urlaubsflirt" bei FM4.

Kennwort „Bestie"
Hallo, ich bin der Christoph. Ich bin 33 und suche auf diesem Weg eine neue Stelle. Ich muss vorausschicken, dass ich noch nie gearbeitet habe. Ich hab die letzten 18 Jahre wegen einer Mordserie in Verbindung mit Volksverhetzung und Geiselnahme im Gefängnis verbracht. Ich suche einen gemütlichen Übergangsjob nur bis Februar, weil ich ab dann in Den Haag vor Gericht stehe wegen Verbrechen gegen die Menschlichkeit. Ich akzeptiere überhaupt keine Autoritäten und auch keine Widerworte. Ich möchte im Team arbeiten, weil mein Psychiater sagt, dass, wenn ich alleine bin, die Gefahr einer bestialischen Selbsttötung sehr groß ist. Ich bin ein rechtsradikaler Trinker und möchte gerne im Bereich new economy arbeiten. Wenn ich genau der Richtige für ihre Firma bin, dann schreiben sie mir. Kennwort: „Bestie".

Kennwort „Bübchen"
Guten Tag, hier spricht der Dirk Stermann. Kurz zu meinem Vorleben. Ich hab bis zum Sommer in Bel-

gien eine Pfadfindergruppe geleitet. Ich bin auch in der Videobranche tätig. Bis vor kurzem konnte man sich meine Filme angucken unter „Pimmel-video.dot.com". Ich suche auf diesem Weg eine Tätigkeit im österr. Fußballbund. Am liebsten würde ich die U 14 betreuen. Wenn sie mich brauchen können, dann schreiben Sie. Kennwort: „Bübchen".

Kennwort „Chemiekasten"
Wir sind der Bruno und der Bertram Molker. Wir sind Brüder, 40 und 42 Jahre alt. Wir wohnen noch bei unseren Eltern und üben keinen Beruf aus. Wir helfen der Mama beim Haushalt. Da ist immer was zu tun, weil Mama ja zwei Kinder hat. Der Bruno hat zum Geburtstag einen Chemiekasten und 200 Mark bekommen, und ich habe noch die 70 Mark von der Oma, die sie mir zum Namenstag 77 geschenkt hat. Macht zusammen 270 Märker und einen Chemiekasten. Morgen wird der Bruno den Chemiekasten auf dem Kirchenflohmarkt verkaufen, dann haben wir über 270 Mark – aber leider keinen Chemiekasten mehr. Mit dem Geld wollen wir die erste Urlaubsreise unseres Lebens machen. Eine Tagesreise mit dem Bus zur Wideraufbereitungsanlage in Gorleben, weil wir uns sehr für Chemie interessieren. Wir suchen eine Dame mit Fotoapparat, die uns beide vor der Wiederaufbereitungsan-

lage fotografiert. Die Dame sollte so aussehen wie Mama oder Oma, damit wir uns wie zu Hause fühlen. Sie sollte sehr streng sein und uns herumkommandieren, wenn wir Fehler machen, zum Beispiel ins Bett machen, damit wir uns wie zu Hause fühlen. Und sie sollte darauf achten, daß wir immer warm genug angezogen sind. Unsere Reisebegleiterin sollte nichts von antiautoritärer Erziehung halten, und wenn wir schlimm sind, uns auch Ohrfeigen geben, damit wir uns wie zu Hause fühlen. Wir versprechen, dass wir nur den Mund aufmachen, wenn man uns etwas fragt. Wenn Sie sich für diese Reise interessieren, schreiben Sie unter „Chemiekasten" an FM4.

Zwei ältere Herren und ihr Hase

Wir schreiben das Jahr 2045. Der früher als schönster Komiker Deutschlands zu Weltruhm gekommene Dirk Stermann vegetiert heute mit dem ehemals intelligentesten Komiker Wiens, Christoph Grissemann, in einem heruntergekommenen, Ungeziefer verseuchten Pensionistenheim in Miami. Die beiden von Altersbosheit zerfressenen Greise sind längst vergessen. Von Geld und Ruhm ist nichts mehr über. Beide leiden an einem monströsen Kehlkopfkarzinom und wurden gegen ihren Willen vom hundsgemeinen Heimleiter an den Rollstuhl gefesselt, obwohl sie noch ganz gut gehen können. Der 79-jährige Stermann hat von seinen schlechten Eigenschaften nichts eingebüßt. Er ist sexbesessen, unsensibel, eitel, gierig und geizig. Grissemann (78) leidet unter furchtbaren Verhaltensstörungen. Der kurzsichtige Soziopath trägt ein peinliches Haarersatzteil. Die beiden sitzen in ihren von Motten zerfressenen Rollstühlen. Auf den Rollstühlen hängen Schilder, auf denen groß „Lunge" steht. Die meiste Zeit schweigen sie aggressiv und knurren höchstens vor sich hin. Ein uralter Hase kauert Bandwurm geschädigt in der Ecke. Einmal am Tag durchbricht der übertrieben dandyhaft gekleidete Grissemann das eisige Schweigen …

Stermann. Früher hattest du schwarze Haare.

Ja. Schwarze Haare.

Wann wurden sie grau.

Ja. Grau.

Wann kam die Glatze.

Ja. Glatze.

Und die ist jetzt auch grau geworden.

Ja. Grau.

Als nächstes wird dir wahrscheinlich die Glatze ausfallen.

Haha.

Friendship

This story is a story written in english, so that as many people as possible on our mother earth can understand the story, because the story is brilliant, and it would be so sad, if only german speaking people could understand it! It is a story about the friendship between a slaughter (!) and a horse. Their friendship started ten minutes after the slaughtering. That was a pity, because the horse was already dead, and that's why they missed many opportunities which normal friendships usually have. They couldn't watch movies in cinemas together! It would have sounded strange at the cachier, when the slaughter would have said: „Two tickets for me and my dead horse which is cut into many parts. I cut it into many parts." Usually friendships end, when one of the friends dies or both die. This friendship ended, because the poor horse was slaughtered. Some people might say: „This was no friendship at all, because the horse was already dead, when the friendship began!" O. k., that's a fact, which can't be denied. But, on the other hand, we tell you, that this is a very old-fashioned attitude! For example: our very best friend Helmut died in 1961, after we slaughtered him on open street. Although he is now dead for almost forty years, he is still our best friend! We slaughtered him, because he sang on open street several *Frank-Zander*-songs. Beside that,

Helmut was a very unsympathetic man when he was alive. But as a dead man all his bad sides disappeared! He was laying (!) slaughtered on open street, and we started a deep warm relationship to this cold body. When we are depressed, and even in the middle of the night, we can telephone him. He never picks up the phone. That's what friends are for! And one thing we love especially about Helmut, he never expects anything from us! A friendship without pressure. Think about it, and don't laugh about the slaughter and his best friend, the slaughtered horse! We are sure, that you now understand, why we want, that this english written story reaches many people. For the southamerican and spanish market we are planing to write the story down in spanish. Soon it will be available in spanish, sanskrit and frensh. This story will be translated into all languages of the mother earth! And when all mankind has read our story, there will be a new thinking in the world!

„Na? Quietschvergnügt in den Freitagabend?"
„Mmm. Ohne eine gewisse Quietschvergnügtheit geh ich doch nicht in den Freitagabend. Und du?"

„Ich? Nö, ich bin nicht sehr quietschvergnügt. Ich bin so knarrdepressiv, dass ich seit heute sogar aus den Ohren heule."

„Ach so. Dann bist du wohl nicht ein geeigneter

Partner für einen quietschvergnügten Freitagabend."
„Nö."
„Na dann, servus."
„Servus."

Malte Olschewski
Einem Komapatienten Unaufmerksamkeit vorzuwerfen ist eine Unverschämtheit, aber es entbehrt nicht einer gewissen Wahrheit. Tatsächlich neigen komatöse Menschen dazu schlecht zuhören zu können und einen relativ abwesenden Eindruck zu machen. Fast hat man den Eindruck, man redet gegen eine Wand. Komapatienten könnten es sich jetzt einfach machen, indem sie auf medizinische Ursachen verweisen. Aber selbst das tun sie nicht, schweigen einfach nur souverän vor sich hin. Natürlich gibt es auch hier Ausnahmen, die aber nur die Regel bestätigen. Marc Rennbein ist so eine Ausnahme. Rennbein ist Mitte 30 und nach einem Mofa-Unfall vor 12 Jahren ins Koma gefallen, was ihn aber nicht daran hindert, weiterhin ständig die Klappe offen zu haben und mit seinem Megaphon die anderen Patienten im Krankenhaus zu terrorisieren. Er hat drei Handys und eine Faxmaschine. Kürzlich gewann er einen Redewettbewerb und arbeitet seitdem im öffentlich-rechtlichen Fernsehen bei der *Zeit im Bild,* dort nennt er sich „Malte Olschewski".

PS. Herr Malte Olschewski legt Wert auf die Feststellung, dass er und Marc Rennbein nicht identisch sind. Malte Olschewski besitzt weder Handy noch Faxgerät und hatte selbstverständlich keinen Mofa-Unfall.

Meredith

Er setzte sich ins Auto und heulte los. Meredith, seine Tochter, hatte auf allen Linien versagt und heute Morgen ihren Job als Straßenbahnerin verloren. Das junge Mädchen war für eine Entgleisung nach der anderen gut. Meredith war eine Enttäuschung. Erst das Studium der Kernphysik, wo sie nur bis zum Pfirsichkern kam (sehr witzig!), dann wurde sie bildende Bratwurstkünstlerin in der Künstlergruppe *Klobasse 2000.* Er schämte sich so. Wenn Nachbarn ihn fragten: „Was macht Meredith denn so?" und er antworten musste: „Sie ist bildende Bratwurstkünstlerin in der Künstlergruppe *Klobasse 2000.*", dann wäre er am liebsten im Erdboden versunken. Also ging er dazu über zu sagen, Meredith sei Operationsschwester, denn ihr Bruder war Chirurg, also stimmte die Bezeichnung irgendwie. Ihr Bruder, sein Sohn, also von ihrem Bruder der Sohn, verstarb während eines von ihr organisierten Überlebens-Camps. Sie hatte einfach zu nichts Talent, Meredith, sie war zu nichts zu gebrauchen.

„Irgendwas musst du doch können, Meredith!". brüllte er sie an. Und das stimmte irgendwie. „Ja genau, Meredith, du kannst mich mal.", sagte der Vater und fuhr in seinem Volvo tochterlos davon.

Publizistik

„Schreiben können so wie der, der den *Standard* schreibt!", dachte sich der Publizistik- und Kommunikationswissenschaftsstudent Roger Federle-Calatrava. Oder wenigstens so singen können, wie Wolfgang Ambros, der Tom Waits singt! So gut kochen können wie Michael Schanze, der im Fernsehen ein Rezept seiner Mutter nachkochte! So große Brüste haben wie Sabrina Setlur! Oder Setlurch? Verdammt, er wusste nicht einmal genau, wie die Setlurch heißt. Wie sollte er da auch nur im Traum daran denken, zu den oberen 4 Milliarden zu gehören? Nicht genau zu wissen wie Sabine Setlurch heißt, ist unter den verschiedenen Fähigkeiten, die Menschen haben können, die, die an allerletzter Stelle aufscheint, ein unverkaufbares Talent. Wenn das Einzige ist, was man weiß, dass man nicht weiß, wie Sabrina Setlur heißt, dann bist du geliefert. Schieß dir in Herz, Mund und Brust gleichzeitig. Du, lieber Roger Federle-Calatrava, wirst niemals *Daimler-Chrysler*-Chef oder Fernsehkoch, auch nicht Bassist bei der Band „Pustekuchen Unlimited" oder

Pflichtverteidiger. Garantiert wirst du auch nie Pressesprecher der *Mailänder Scala* oder Ministerpräsident von Nordrhein-Westfalen. Das einzige was du werden kannst, wenn dein einziges Talent es ist, nicht genau zu wissen wie Sabrina Setlur heißt, ist Handmodel werden für Palmolive. Handmodel für Palmolive ist übrigens auch der einzige Beruf, für den ein Studium der Publizistik- und Kommunikationswissenschaften nicht schadet.

Schonkost

Mit Hängen und Würgen hatte der Berufshenker sein Leben hinter sich gebracht und freute sich jetzt auf seine wohlverdiente Pension. Natürlich war Berufshenker nie sein Traumberuf gewesen. Ursprünglich hatte er einen Schonkostladen eröffnen wollen, wo er Waren führen wollte, die was kosten. „Kost schon was!", hätte er dann immer zu den Kunden gesagt, die die Ware kostenlos mitnehmen wollten. „Schon-kost-Laden, heißt's ja schon." Wenn der jeweilige Kunde trotzdem etwas mitgenommen hätte ohne zu zahlen, hätte er ihn sofort umgebracht. Insofern war sein Beruf Henker gar nicht so weit weg von seinem Traumjob Schonkostladenbetreiber. Es läuft ja sowieso jede nur erdenkliche Tätigkeit letztendlich immer aufs Ermorden aus, dachte sich der pessimistische Henker. Er war Witwer, warum, braucht man wohl nicht zu erwähnen. Auch kinderlos, dreimal raten warum. Auch ohne Eltern, na, geklingelt? Er hatte keine Nachbarn mehr und war der Letzte im Dorf. Manchmal überkam ihn Trauer. Dann setzte er sich hin und malte mit Farben, ein Hackebeil und eine Schnur, manchmal auch nur bloße Hände. Die Bilder konnte er niemandem zeigen, hatte er doch auch keine Freunde und Bekannten mehr. Tja, traurig so was, aber irgendwie auch konsequent. Respekt.

Die Europute Horst Story

Guido Ratefuchs

Guido Ratefuchs ist nicht gerade auf die Butterseite des Lebens gefallen. Als Guido acht Jahre alt war, fiel er vom Balkon des Towers vom Frankfurter Flughafen. Seitdem ist Ratefuchs gehbehindert und schwer von Begriff. Am zweiten Juli 1971 schien sich das Blatt des Lebens endlich ins Positive zu wenden für ihn. Guido Ratefuchs, der damals 19-jährige, heiratete die 30 Jahre ältere Invalidin Beate Kurt, die auf der Straße Petersilie verkaufte. Aber schon nach wenigen Wochen trennte sich Frau Kurt von Ratefuchs, und Ratefuchs zog notgedrungen die nächsten Jahre als Hilfsarbeiter bei einem Schausteller durch die Provinz. Er musste die Dosen am Wurfstand wieder aufstellen. Er schlief im hinteren Teil eines Wohnwagens und bekam alle drei Tage eine warme Mahlzeit. Er lebte kilometerweit unter der Armutsgrenze und verwahrloste auch äußerlich. 1982 verpfändete Ratefuchs seine Zähne. Dreimal am Tag spendete er aus Geldgründen Blut. Müde, krank und kraftlos quittierte er seinen armseligen Dienst und ging, 41 Jahre alt, in Frührente. Er zog zu seiner Tante Hilde, Hilde Wurst, die in einer Ein-Zimmer-Wohnung wohnte, und ihm den kalten

Kellerverschlag mietfrei zur Verfügung stellte. Sieben Jahre lang wohnte er zwischen Asseln und Kartoffelkäfern, die ihn als Ihresgleichen akzeptierten. Alle vier Tage brachte ihm seine Tante eine warme Mahlzeit. Im August '99 sollte es in Ratefuchsens Leben eine erneute Wendung geben. In der Rotkreuz-Station, wo er Blut spendete, traf er auf Hans Jürgen Dünnbier, der sich durchs Blutabzapfen das Startkapital für eine eigene Firma erbluten wollte. Am gleichen Tag noch wurde Guido Ratefuchs von Hans Jürgen Dünnbier als erster offizieller Mitarbeiter der Firma *Brötchen aufs Pfötchen* eingestellt. Herr Ratefuchs kümmert sich seither hauptsächlich um die Belange des Subunternehmens *EuroPute Horst.*

Hans Jürgen Dünnbier

Hans Jürgen Dünnbier, ein 48-jähriger gelernter Tankwart, wollte mitspielen in der globalisierten Welt, ein global player sein. Im Mai 1998 änderte sich Dünnbiers Leben. Nach einer gewaltigen Feuerexplosion an der Zapfsäule verbrannte mit 40% seiner Haut auch gleichsam sein altes Tankwartdasein. Dem entstellten Dünnbier war es fortan unmöglich, Kunden zu bedienen. Dünnbier zog sich zurück und lebte nach langen Krankenhausaufenthalten drei Monate lang bei seinem Bruder in Polen, der ihm freundlicherweise einen alten Taubenschlag als Unterkunft zur Verfügung stellte. „Feuerfresse Dünnbier!", riefen ihm die katholischen Straßenkinder höhnisch zu und bewarfen ihn mit trockenem Brot, ein demütigendes Dasein. Ein Gefängnis der Jämmerlichkeit, dem er entfliehen wollte. In Dünnbier reifte eine aus der Not geborene Idee. Er sammelte das Brot und belegte es mit Taubenwurst, die er selber in der Nacht in seinem Verschlag herstellte. Mit diesem Billigprodukt belieferte er eine Tankstelle in Stettin. So flossen die ersten Zloty in seine zerschlissenen Hosentaschen. Er wollte nie mehr abgebrannt sein, einmal reichte. Bekleidet mit einer

Skoda-Baseballmütze ging er zurück nach Deutschland. Er nützte seine alten Tankstellenkontakte und gründete im Januar 1999 die Firma *Brötchen aufs Pfötchen.* Kleine Taubenwurstbrötchen fanden sich fortan im Sortiment der Tankstellenshops. Leider entpuppte sich die Taubenwurst als Ladenhüter. Doch Dünnbier ließ sich nicht unterkriegen, er wollte nach wie vor Deutschlands größter Tankstellenshopbelieferer werden. Und er hatte eine goldene Idee: Er tauschte das Geflügel. Taube raus, Pute rein! Im März 1999 gründete er im Beisein eines Notars das Subunternehmen *EuroPute Horst.* Ab jetzt gab es an drei bundesdeutschen Tankstellen Schwarzbrötchen mit lecker Putenfleisch zu 1 Mark 68 und eine groß angelegte *Brötchen aufs Pfötchen*-Plakataktion. Darüber hinaus belieferte *EuroPute Horst* diese drei Tankstellen zusätzlich mit eingeschweißten ganzen Puten aus dem *EuroPute Horst*-Sortiment. Die Firma wuchs. Im November 1999 stellte der entstellte Dünnbier den ersten Mitarbeiter ein: Guido Ratefuchs, 49, ein ehemaliger Kirmesangestellter. Der eingefleischte Junggeselle lebt noch immer bei seiner 82-jährigen Tante Hilde. Die alte Dame zeichnet auch für die Buchhaltung des Subunternehmens *EuroPute Horst* verantwortlich. Doch die Firma bleibt weiter in den roten Zahlen. Dünnbier ist unter Druck, die drei Tankstellen wollen möglichst schnell aus dem Vertrag mit *Brötchen aufs Pfötchen* aussteigen. Doch der bauernschlaue Dünnbier überredet seine Geschäftspartner, den Vertrag zumindest probeweise zu verlängern, hat er doch längst ein neues, schmackhaftes Snackprodukt in Planung: den *EuroSchneck-Snack,* Weißbrötchen belegt mit lecker Schneckenfleisch. Überzeugt von dem neuen Produkt stellt Dünnbier einen weiteren Mitarbeiter ein, den 65-jährigen einarmigen Herrn Mustafa, den er von einem indischen Imbissstand in Rostock abgeworben hat. Herr Mustafa ist snackerfahren und soll den *EuroPute Horst*-Vertreter Guido Ratefuchs in zahlreichen Einschulungen mit dem komplizierten Produkt *EuroSchneck-Snack* vertraut machen.

Herr Mustafa

Herr Mustafa ist – und da schwanken die Angaben – zwischen 62 und 68 Jahre alt. Der homosexuelle Albaner ist kinderlos und kurzsichtig. Er kam in den 60er Jahren von Tirana in die DDR, wo er in Rostock zuerst in einem illegalen Schwulenclub als Toilettenmann arbeitete. Nach dem Fall der Mauer nahm der gemütliche Albaner einen 40.000-Mark-Kredit auf und eröffnete 1989 einen der ersten indischen Imbissstände der inzwischen ehemaligen DDR. Als allerdings irgendwann echte Inder nach Rostock kamen, verschlechterten sich Mustafas Geschäfte. Niemand kauft gern die Kopie, wenn er das Original haben kann. Mustafa verkaufte seinen Imbissstand und ließ sich die nächsten neun Jahre treiben. Ein kleiner Lottogewinn von über 12.000 Mark half ihm dabei über die Runden. Während einer Studienreise nach Polen lernte er in einer Krakauer Gay-Discothek den gleichaltrigen Manfred Dünnbier kennen, Hans Jürgens homosexuellen Bruder, den es nach Polen verschlagen hatte. Die Beziehung zu Manfred hielt fast sieben Jahre. In dieser Zeit machte Mustafa Bekanntschaft mit Hans Jürgen Dünnbier, dem zwar entstellten aber überaus geschäftstüchtigen Bruder seines Lebensgefährten. Gemeinsam entwickelten die beiden den so genannten *EuroSchneck-Snack,* lecker Schneckenfleisch in Schwarz- oder, je nachdem, Weißbrot. 1999 wechselte Herr Mustafa endgültig in die Brehmer *Brötchen-aufs-Pfötchen*-Zentrale. In der kleinen Firma kennt man Herrn Mustafa seitdem als den „Einschuler".

Hilde Wurst

Hilde Wurst wurde 1919 in Schweinfurt als Tochter eines Kohlegehilfen und einer Handwerkerin geboren. Als große Anhängerin des Ersten Weltkriegs meldete sie sich 1938 freiwillig als Köchin in der Deutschen Wehrmacht. Die nächsten 40 Jahre verbrachte sie als Köchin in ungezählten deutschen Kasernen. Die auch heute noch leidenschaftliche Verehrerin des Ersten Weltkrieges ist kinderlos und nach einem Hörsturz tauber als taub. In ihrer Freizeit besucht sie Schießstände und Militaria-Ausstellungen. Das Mutterkreuz, das schlaff um ihren faltigen Hals baumelt, hat sie sich 1942 erschwindelt. Sie trägt ausschließlich feldgraue Kleider und interessiert sich manisch für chemische Waffen. Die gemütliche, rüstige alte Dame ist als Zahlenmystikerin wie geschaffen für die verantwortungsvolle Tätigkeit der Buchhaltung bei *EuroPute Horst* bzw. *Brötchen aufs Pfötchen.* Als Tante von Herrn Guido Ratefuchs hat sie eine enge Bindung an das Unternehmen.

Listen

Dinge, mit denen man sich ganz schlecht abtrocknen kann

1. 1 Liter Bier.

2. Karamelbonbon.

3. Fleischerhaken.

4. Kaffeemaschinen.

Die fünf besten Selbermachideen für Weihnachten

1. Am Rücken liegend, die Beine angewinkelt.

2. Im Sitzen, Beine ausgestreckt, den linken Arm genießerisch hinter den Kopf gelegt.

3. Im Stehen, mit beiden Händen.

4. Auf einem Bein, mit verbundenen Augen und nur zwei Fingern der rechten Hand.

5. Im Hocken, dann mit dem linken Fuß.

Besser kochen mit Stermann und Grissemann

Montag: ein brennendes Huhn und ein Bier.

Dienstag: eine brennende Kuh und ein Schnaps. Dann ein Bier.

Mittwoch: ein brennendes Schwein und ein Bier. Dann ein Schnaps und danach ein Bier.

Donnerstag: eine Gans anzünden und gar nichts trinken. Nur vielleicht ein Bier. Und einen Schnaps, unseretwegen!

Freitag: einen Fisch anzünden. Und ein Bier.

Elf goldene Regeln zur Gewichtsreduzierung

1. Vor Betreten der Waage Stuhlgang (bringt im Regelfall 3 bis 4 Kilo).

2. Vor Betreten der Waage Schneuzen (bringt zwar höchstens ein halbes Kilo, aber immerhin).

3. Auf jeden Fall rasieren, bevor man auf die Waage steigt (bringt zwar nur 15 Gramm, aber besser als nix).

4. Blinddarm rausoperieren (bringt unkomplizierte 250 Gramm).

5. Beide Arme amputieren (bringt lockere 4 Kilo).

6. Vor und während des Wiegens ständiges Spucken.

7. Unbedingt einzelne Zähne ziehen lassen (bedeutet bis zu 200 Gramm).

8. Schuppen aus dem Haar schütteln (bringt jedes Mal 500 Gramm im Schnitt).

9. Für Raucher: vor dem Wiegen Zigarette aus dem Maul nehmen (bringt 3 Gramm).

10. Für alle Junkies: vorm Wiegen bloß nicht koksen (es geht immerhin um 15 Gramm mehr oder weniger).

11. Langes Ausatmen (detto Blähungen, am besten selber ausprobieren, jeder Körper reagiert anders).

Weitere Tipps von Doktor Stermann:
Während des Wiegens an nichts denken
(in unserem Fall bis zu 7 kg).

Vor dem Wiegen Penisverkleinerung oder Beschneidung, oder beides (zwischen 10 g und 15 kg).

Vor dem Wiegen Brustwarzenpiercings abnehmen (2 kg).

Vor dem Wiegen sämtliche Tumore entfernen (16 kg).

Vor dem Wiegen mit Zahnseide Zähne reinigen (bis zu 1,5 kg).

Vor dem Wiegen Krampfadern ziehen (2–4 kg).

Vor dem Wiegen Fett vom Körper saugen (mit Staubsauger, 0,5 kg).

Vor dem Wiegen Magen rausnehmen (bringt bis zu 42 kg).

Vor und während des Wiegens Nase putzen (je nach Schnupfen oder Rauschmittelrückstand bis zu 2 kg).

Vor dem Wiegen das Schwarze unter den Fingernägeln wegnehmen (15 g).

Vor dem Wiegen Fußnägel schneiden (250 g).

Vor dem Wiegen Ohren putzen (1 kg).

Vor dem Wiegen rasieren (bringt bis zu 75 g).

Vor dem Wiegen ausspucken (bringt zwar nur 125 g, aber immerhin).

Beide Beine amputieren (bringt bis zu 65 kg).

Während des Wiegens keinen Alkohol trinken (bringt bis zu 12 kg).

Vor dem Wiegen Backenzähne ziehen (0,5 Kilo).

Hörspiele

Speichelfäden in der Buttermilch

von Sybille Rocksau van der Bibber und
Manuel Brechbad-Massenschwein

Es ist Nacht. Eulen singen traurige Weisen über Sinn und Unsinn des Daseins. [huhuu, huhuu] Eine Ratte beißt ins Rattengift. Ein Lachs verendet am Ufer des Bachs. Im Unterholz regt sich etwas. Es ist Ursula, die höchst begabte Diplomatentochter, die die Diplomatenfamilie beim Ausflug im Wald vergessen hat. Sie hat seit Tagen nichts getrunken, aber interessanterweise keinen Durst. Da kreuzt der Mann der Reinemachefrau des Försters ihren Weg. Er ist betrunken und führt stolz sein erigiertes Glied spazieren. Ursula erschrickt beim Anblick der monströsen Eichel. Die 36-jährige Ursula übergibt sich stumm ins nasse Laub. Da lässt die Erektion des Mannes der Reinemachefrau nach.

„Ja, wer kotzt denn da ins Unterholz, was?"

Ursula ist sich dessen bewusst, dass das Kotzen ins Unterholz nicht zum guten Ton im Wald gehört. Sie beginnt zu weinen. Da nimmt sie der Mann der Reinemachefrau zuerst von hinten und dann in den Arm, beides, um sie zu trösten.

„Na komm mal her, Mädchen, wird schon wieder,

was! Meine Frau, weiß du, is Reinemachefrau, die putzt die Kotze ratzeputze wech! Wir gehen am besten zu mir nach Haus und machen dort was Hübsches!"

Gemeinsam gehen Ursula und der Mann der Reinemachefrau ins Appartement, wo es sehr unordentlich ist. Ursula muss lachen. Ein so schmutziges Appartement hätte sie bei einer Reinemachefrau nicht erwartet! Da betritt die Reinemachefrau den Raum. Wütend gibt sie dem Mädchen mit dem Besen eine Ohrfeige. Ursula bricht schwer verletzt zusammen. Der Mann der Reinemachefrau versucht, sich zu rechtfertigen, denn die Reinemachefrau ist eifersüchtig.

„Da war überhaupt nix, die hat einfach ins Unterholz gekotzt, als ich mit mein eregierten Glied des Weges kam, mehr war da überhaupt nich!"

„Du Exhibitionistenschwein! Und wer muss das Unterholz wieder reinigen? Ich! Du mit deinen magenkranken Unterholzweibern, scher dich zum Teufel!"

Noch einmal drischt die Reinemachefrau mit dem Besen ins Gesicht der Diplomatentochter. Sie stirbt sehr schnell. Um die Gemüter abzukühlen, schenkt sich die Reinemachefrau ein Gläschen Buttermilch ein. Sie schlürft genussvoll, während aus ihrem Mund lange Speichelfäden hängen, die sich mit der

Buttermilch vermischen. Ihr Mann indes ist längst schon wieder auf Wanderschaft im Wald, auf der Suche nach dem nächsten Opfer seiner sexuellen Begierde. Er kommt an dem Unterholz vorbei, in das sich Ursula vor kurzem übergeben hat. Schöne Erinnerungen steigen in ihm auf. Der Mann der Reinemachefrau lächelt.

Kleinschusters Vermächtnis

Ein Einakter von Christoph M. Münzer.
Es spielen: Christoph M. Münzer als Kleinschuster und Otto Wumme als Siebenhühner.

Ein hoch modernes Krankenhaus. Acht Betten. Nur zwei sind belegt, die zwei äußeren. Erich Kleinschuster ist an die Dialyse-Maschine angeschlossen. Siebenhühner ist bis zum Hals eingegipst.

K: Entschuldigen Sie die Störung. Wissen Sie, wann Besuchszeit ist? Ich würde gerne meine Zwillingsschwester besuchen.

S: Wie heißen Sie?

K: Erich Kleinschuster. Wissen Sie, wann Besuchszeit ist?

S: Nein, Herr Kleinschuster

K: Ihr Name. Ihr Gebrechen.

S: Siebenhühner. Wirbelsäulenfraktur. Ihr Gebrechen?

K: Nierenversagen, Herr Siebenhühner.

S: Aha. Wer ist mehr krank? Ferner der Gesundheit. Näher bei Gevatter Tod? Herr Kleinschuster.

K: Herr Siebenhühner. Ich will ehrlich zu Ihnen sein. Ich habe gerade eben, während Ihrer Frage, Ihrer vollkommen sinnlosen Frage nach unserer aktuellen Positionierung im zeitlosen Raum zwischen Himmel und Hölle, während Ihrer überflüssigen Frage, diese Verschwendung wertvollen Buchstabenmaterials, dieser Verhöhnung des Alphabets schlechthin, als Antwort darauf, als Zeichen meiner Ablehnung und um Ihnen zu zeigen, was Sie mir bedeuten, aus all diesen Gründen und noch 1.000 mehr, die ich mir aber nicht die Mühe mache, aufzuzählen, weil Sie unwürdiger Wicht es nicht wert sind, habe ich das Bett von Kopf bis Fuß von oben bis unten vollgeschissen. Herr Siebenhühner.

Herr Kleinschuster stirbt, und Herr Siebenhühner ruft per Knopfdruck die Schwester. Kleinschuster wird aus seinem Bett gehoben, die Bettwäsche wird abgezogen und auf den Boden gelegt. Kleinschuster wird hinausgetragen. Zurück bleibt Siebenhühner, der im Angesicht der vollgeschissenen Bettwäsche Trompete spielt.

S: Alles was bleibt. Ein vollgeschissenes Bett. Kleinschusters Vermächtnis.

Vorhang. Lang anhaltender Applaus.

Pizza go home

von Christian Mundblut-Morgensack und
Dieter Dieter von der Russbrut in der Kot

Es ist noch nicht ganz Nacht. Um genau zu sein, 17.10 Uhr. Eine Eule ruft heiser. Ein letztes Mal, denn gleich wird sie von einem blutrünstigen Jagdhund kaputtgerissen. Stolz beäugt Dragan Novevanovic die Eulenleiche: „Prima, Töle. Eule ratzefatz in Stücke gerissen. Brave, Töle."

Der Hund, den Novevanovic „Töle" genannt hat, schnüffelt zuerst am Schritt der toten Eule, um dann in den Schritt seines Herrchens zu beißen. Herr Novevanovic ist zurecht verärgert über den Genitalbiss des herrlichen Jagdhundes.

"Drecks-Töle. Beißt der Drecksack mir doch glatt in Penis! Ojojoj, was schrecklicher Schmerz. Meine stolze Eichel!"

Aus dem Unterleib des Serben tropft Blut aufs Unterholz und auf des herrlichen Jagdhunds Nase, was die nicht gerade trockener macht. Dragan schleppt sich mit letzter Kraft in die nahe gelegene Wald-Pizzeria mit dem unglücklichen Namen *Pizza go home*. Hier arbeitet seine Frau Dragica, die wieder mal nur Augen für ihren herrlichen Jagdhund hat und ihn ängstlich untersucht, sich sorgend, dass der Hund aus der Nase blutet. Sie versorgt ihn und stellt ihm eine Schale Budweiser auf den Boden.

„Jedem Tierchen sein Bierchen! Prost, Töle!"

Inzwischen verblutet leise Dragan Novevanovic. Erst die Eule und jetzt Dragan. Für Töle ein ganz schön aufregender Tag, den er mit Gerstensaft im *Pizza go home* fröhlich ausklingen lässt.

Das Blütenstaubzitronenkästchen

von Uwe Ochsendorfer-Ziegenknecht

„Mojn mojn, ich hol's Blütenstaubzitronenkästchen für Frau Rattenwurst ab!"

„Jou, is hinten im Dings, Sie wissen schon."

„Jo jo, Chef. Tschüüs!"

Zwei Stunden später im Wald. Der Knecht mit dem Blütenstaubzitronenkästchen für Frau Rattenwurst hat sich im Wald verirrt. Er ist hungrig und blutet aus dem Anus.

„Och, Mensch Mensch du, die Hämorrhoiden und das schwere Blütenstaubzitronenkästchen, ich weiß auch nich. Wenn ich mich hier man nicht verirrt habe!"

Vier Stunden später. Frau Rattenwurst irrt im Wald umher, geistig umnachtet und betrunken.

„Och, Mensch, Frau Rattenwurst! So'n Zufall aber auch! Hier, da hab ich Ihre Blütenstaubzitronenkästchen, Ihr Dingsda, nich!"

„Dange."

„A wissen Se was, Frau Rattenwurst, Alkohol is keine Lösung!"

„Doch."

Frau Rattenwurst torkelt mit dem Blütenstaubzitronenkästchen nach Hause. Der Knecht verblutet überraschend schnell im Unterholz.

Des Sängers Kronleuchterkapuze

von Ewald Schnittwund-Hahn und Rosa Kranzhahn-Hubesaftorak

Es ist Nacht. Ein Mann pfeift wie eine Eule. [huhuu, huhuu] Der Mann ist Andy Music, ein mongoloider Schlagersänger aus dem Mongoloidenheim in der Pustekuchenstraße. Andy Music ist auf dem Weg zur Mehrzweckhalle, wo er als Mitternachtseinlage sein einziges Lied „Sexy Lady Rechtsruck" singen soll.

„Kuckuck, sexy Lady Rechtsruck! Look look, sexy Lady Rechtsruck!"

Andy Music springt vergnügt über Stock und Stein. Er hat das Gefühl, die Regenwürmer lächeln ihm zu, und die Grashalme verneigen sich vor ihm im Wind. Plötzlich stolpert Andy Music. Was ist denn das? Was ist denn da?

„Ja, was ist denn da?"

Da ist tatsächlich was. Im Unterholz liegt die verkohlte Leiche seiner rechtsradikalen Gesangslehrerin Trude von Neger-Koscharowski, die sich während einer Bücherverbrennung versehentlich selbst in Brand gesteckt hat. Der mongoloide Schlagersänger kniet sich nieder und steckt betreten seine lange Nase in die Asche seiner armen ehemaligen Gesangslehrerin.

„Trudchen! Trudchen, hast mir's Singen beigebracht! Trudchen, grad heut, wo ich mein großen Auftritt hab! Ach Trudchen, heut Nacht sing ich nur für dich, Sexy Lady Rechtsruck!"

Behutsam füllt Andy Music die Asche seiner geliebten nationalsozialistischen Gesangslehrerin in die Kapuze seines Anoraks und macht sich mutig auf den Weg in die Mehrzweckhalle. Es ist 23.35 Uhr. Keine Turmuhr schlägt. In zehn Minuten beginnt sein Auftritt. Die letzten Meter läuft er. Den Text seines Liedes „Sexy Lady Rechtsruck" summt er beim Laufen vor sich hin. [vorsichhinsumm] Endlich erreicht Andy Music die Mehrzweckhalle, die bis zum Bersten gefüllt ist. Einige Zuschauer hängen sogar vom Kronleuchter herab, um besser sehen zu können. Alle freuen sich auf Andy Music. Keinem fällt die Asche in seiner Kapuze auf. Da passiert es. Der Kronleuchter kann das Gewicht nicht mehr halten, reißt aus der Verankerung und donnert auf den direkt darunter stehenden Andy Music, der gerade zu singen beginnen wollte. Sofortiger Tod tritt ein. Die Stimmung in der Mehrzweckhalle ist getrübt. Die Polizei findet unter dem Kronleuchter nicht nur den zerquetschten Andy Music, sondern auch die geheimnisumwitterte Kapuze mit der rechtsradikalen Gesangslehrerinnenasche. Dieser Fall sollte nie gehört werden.

Die Dame, der Dachs, der Mann und die 16 Wunderkerzen

von Elias Krenzhahn-Musterfusch und Renate Quintusch-Fillerstadt

Es ist Nacht. Die stillste Nacht des Jahres. Keine Hyäne heult, weil in diesen Breitengraden Hyänen keine Heimat finden können. Über diesen Umstand könnten Hyänen tagelang heulen. Der hiesige Wald bietet Schutz und Heimat für Würmer, Ameisen, Igel und andere Blutsauger wie Mücken und Gelsen, stechende Tierchen, denen der Busen der Natur Vaterland ist. Es ist Weihnachten 1994. Eine Dame guckt aus dem Försterhaus heraus. Es ist Liliane Roth-Rothenhorst, die Gespielin des Oberförsters Helmut Horst Horstenhorst. Sie hält die Nase an den Ofen. Hmm! Da riecht es aber gut heraus, findet die übergewichtige Hausdame aus Oberschlesien.

„Boa, lecker lecker Dachsbraten! Hmmm, Helmut Horst, was?"

Helmut Horst Horstenhorst ist ein großer Fachmann auf dem Gebiet der Dachszubereitung. Die beiden haben heute schon ausgiebig gefickt und freuen sich jetzt auf den idyllisch-lukullischen Weihnachtsbraten. Da klopft es an der Tür. [klopf klopf klopf]

„Helmut Horst, da klopfts! Wer klopft denn da?"

Helmut Horst weiß es nicht. Auch Helmut Horst kann ja nicht riechen, wer da vor der Tür steht! Er reagiert ungehalten.

„Mensch, Puppe, ich kann auch nich riechen, welches Oberarschloch hier die Weihnachtsstille zerreißt!"

Beseelt von heftigen Masturbationsgedanken öffnet Liliane die Tür. Sie erblickt das dicke, gewalttätige Nachbarskind Rufus. In den Nasenlöchern hat Rufus jeweils acht brennende Wunderkerzen stecken. Er verbrennt lichterloh innerhalb von Sekunden.

„Helmut Horst, es war nur der dicke Rufus!"

„Und was will das Schwein?"

„Nichts mehr, er is verbrannt!"

„Dann is ja gut. Frohe Weihnachten!"

Glücklich verzehren Liliane und Helmut Horst den Dachsbraten. Dann vereinigen sie sich mehrfach, satt, glücklich und geil.

Der verklebte Fuchs

von Hardy Manuel Häußermann und
Renata Ringschiss von der Angstmaul-Martinez

Es ist Nacht. Ein Bussard fliegt mit Frau und Kindern westwärts. Eine Schnake schält sich aus dem Unterholz und sagt dem Tag adieu. In der Waldpension *Zum schlauen Fuchs* sitzt Ronny Becker, der schwerreichste Industriellensohn Wuppertals. Er überlegt, den Wald zu kaufen, um dort ein riesiges Erotikzentrum zu errichten, Kostenpunkt: mehrere Milliarden. Ihm gegenüber, mit Skepsis im Gesicht, der Förster Rudi Rudimann und seine von einer eineinhalb Meter großen Hasenscharte verunstaltete Tochter Renate Rudimann. Der deutsche Großindustrielle und Industriekapitän tritt übertrieben großspurig auf.

„Pass ma auf, du Waldscheißer, ich kack dich zu mit Knete!"

Rudi Rudimann weiß dem nichts zu entgegnen. Hilflos blickt er seine Tochter Renate Rudimann an, die allerdings aufgrund ihrer extremen Hasenscharte nur Geräusche hervorzubringen vermag, die eher unheimlich sind, als dass sie der Diskussion förderlich wären.

„Mhrmmmhmöuhhhmmroeoömmmn“

Ronny Becker, der alles hat, aber keine gute Kinderstube, beleidigt die behinderte Försterstochter so sehr, dass sie in ein plötzliches Schockkoma fällt.

„Maul halten, du hässliche Hasenschartenschnepfe!“

Die Stimmung ist zum Zerreißen gespannt in der guten Stube der Waldpension *Zum schlauen Fuchs.* Wird das verlockende Geld siegen oder der Umweltschutzgedanke, den Rudi Rudimann unermüdlich ins Treffen führen will?

„Mensch, die Bäume und die Käfer, was soll'n denn die in' Erotikcenter?“

Eine schallende Ohrfeige [klatsch] beendet die Diskussion, und der gedemütigte Förster unterschreibt die Kaufverträge. Sofort beginnen die Bauarbeiten, und nach wenigen Minuten schon, ruckzuck ist der Wald nicht wieder zu erkennen! Ein riesiges Erotikzentrum raubt den Tieren ihren Lebensraum und nimmt der Natur viel von ihrem Charme. Der Förster tauscht den Jagdanzug gegen einen Reinigungsanzug und muss fortan in den Solokabinen das achtlos Hingewichste wegwischen. Traurig tritt er ans Krankenbett seiner rekonvaleszenten Hasenschartentochter.

„Ach, Renate, der ganze Wald ist voll gewichst. Die Füchse haben Wichse im Fell, und auch die

Kuckucke haben ein ganz verklebtes Federkleid."

So abartig ist es, wenn der Mensch mit seiner Profitgier jegliches Idyll zerstört.

Simsalabim die Zauberstraßenbahn

von Hans-Dieter Hummelfang und Agnes Anus van der Vehn

Wir befinden uns im Jahre 1976. Das viktorianische Zeitalter ist lange vorbei, aber seine Mythen leben noch heute. Und da kommt sie auch schon angefahren: töff töff töff, Simsalabim die Zauberstraßenbahn! Ganz vorne blickt der Schaffner Ernie aus dem Fenster raus, auf seinem Kopf die kunterbunte Zauberstraßenmütze.

„Mojn mojn, ich bin Ernie mit der kunterbunten Zauberstraßenmütze, und ich fahr jetz in Wald!"

Ernie ist auf dem Weg in den Waldbahnhof, wo's in der Gaststätte jeden Tag leckere Süppchen gibt. Der Koch Bert wartet schon auf ihn.

„Hallo Bert!"

„Hallo Ernie. Komm rein, ich hab heiße Apfelsuppe im Ohr."

„Was, in Ohr? Du meinst doch sicher Rohr!"

„Nein, Ohr."

„Ohr?"

Ernie, der Schaffner, löffelt die heiße Apfelsuppe aus Berts Ohr.

„Hm, is die lecker! Gibt noch mehr in ander'n Ohr?"

„Nein, mehr gibt es nicht. Hab nur in einem Ohr gekocht."

„Na gut, egal! Wofür hab ich denn meine Zauberstraßenbahn! Simsalabim!"

Mit hilfe der Zauberstraßenbahn zaubert Ernie heiße Apfelsuppe in sämtliche Körperöffnungen des Kochs. Bis spät in die Nacht leckt Ernie den Koch leer.

Blasrohrromantik im Zuckerschränkchen

von Adam Aslan Sichelmaus und Gerda Pissen-Rostfisch

Es ist kalt. Ein Vogel kreist am Himmel und gibt Vogelgeräusche von sich. [krah, krah] Im dichten Unterholz gehen Ameisen fröhlich ihrem Tagwerk nach. Die Blätter sind von den Bäumen gefallen, es ist Herbst. Da hört man Husten und Schritte. [hust, stampf] Es ist Knut, der schwer behinderte Neffe von Metzgermeister Gunther Schwanzhund. Knut Schwanzhund ist 34 und auf dem geistigen Stand eines 22-jährigen, ein aggressiver Faulpelz, der mit seinen gefährlichen Blasrohren den ganzen Landstrich in Angst und Schrecken versetzt.

„A he'lich, das neue Blasrohr is arschgeil, Mann! Jetz irgendeiner alten Schachtel 'n Pfeil in Arsch schießen, ach das wär he'lich! Am besten geh ich einfach mal inne Konditorei, da sitzen doch so 'ne alte Schachteln immer, Mensch, he'lich! A, 'ne Omma 'n Arsch abschießen, he'lich!"

Knut Schwanzhund eilt mit großen, ausladenden Schritten in die Konditorei *Tortendreck,* die in dritter Generation geleitet wird von der 89-jährigen schwerhörigen Dorothea Furchtmund. Durchs Schaufenster sieht sie den Nichtsnutz Schwanzhund kommen, in seinem Maul das monströse Blasrohr. Sie schlägt Alarm.

„Achtung, meine Damen, da kommt Knut mit seinem Blasrohr! Alles ab ins Zuckerkästchen, wir müssen uns verstecken!"

Die älteren Damen springen von ihren Plätzen auf und verschanzen sich im Zuckerkästchen hinter der Tortenvitrine. Alle zittern vor Angst. Knut stürmt in die Konditorei und ruft:

„Puff puff, blas blas, bum bum! Wo sind die fetten Ommas? Knuth will Blasrohr schießen in Arsch! Puff puff, blas blas, bum bum!"

Die älteren Damen fühlen sich im Zuckerkästchen sicher. Doch Knut weiß von dem Versteck. Er öffnet die Tür und drängt sich zwischen die zitternden Omas.

„Oh, Mensch, ganz schön eng hier, Mensch! Kommt man gar nicht zu den Ärschen runter, zu eng zum Blasen!"

Knut fehlt der nötige Platz zum Blasrohrschießen. Stundenlang verharren alle Beteiligten stumm im Zuckerkästchen. Dann überkommt Knut ein liebestolles Gefühl. Er küsst die alten Damen, eine nach der anderen. Die alten Damen sind froh, nichts in den Arsch bekommen zu haben. So wird der Nachmittag doch noch richtig romantisch.

„Ja also dann Ommis, machs gut, nich! Tschöös!"

Cholesterin oder: You can't always eat what you want

von Heimo Bowling-Brunswick und Konstanze Kegelbahn

Teil 1

Es ist Nacht. Heilige Nacht. Die Biber putzen eilig ihr Gefieder, die Otter singen ihre Lieder. Im Meinungsforschungsinstitut Circa ist Weihnachtsfeier. Meinungsforschungsinstitutsleiter Edmund Rundmund hat mit über 800 Gästen gerechnet, es sind aber nur vier gekommen: ein serbischer Pizzabote und die drei als Heilige Drei Könige verkleideten Nachbarskinder. Das sind mehr oder weniger Zufallsgäste. Über 6.000 Brötchen und 34 Kaninchenrücken warten auf Verzehr, der sich – das kann Edmund Rundmund sich an vier Fingern abzählen – wohl nicht einstellen wird. Peinliches Schweigen macht sich breit zwischen den einander vollkommen unbekannten Gästen. Aber hören Sie selbst:

„ ."

Bei allem Bemühen will keine rechte Stimmung aufkommen. Ja, wie denn auch, wo noch dazu gerade jetzt ein unglaublicher Kurzschluss für eine unglaubliche Dunkelheit sorgt! Rundmund kommentiert das

Pech der Kurzschluss bedingten Dunkelheit mit den völlig berechtigten Worten: „Das konnte ich doch nicht riechen, dass ausgerechnet jetzt ein Kurzschluss durch das Haus zuckt!“ Aber hören Sie selbst:

„Das konnte ich ja nicht riechen, dass ausgerechnet jetzt ein Kurzschluss durch das Haus zuckt!“

Rundmund erkennt den Ernst der Lage und eilt in kleinen Schritten in den Heizungskeller, wo sich auch der weiße Sicherungskasten befindet, direkt neben der Waschküche, wo die dunkelhäutige Näherin gerade zugange ist.

„Ach Amanda, du gazellenhafte Perle Afrikas, du siehst doch gar nichts im Dunkeligen!“

Ein eilig herbeigeflattertes Glühwürmchen erhellt die romantische Szenerie. Man erkennt, dass Amanda ein T-Shirt mit der Hand wäscht. Auf dem T-Shirt ist zu lesen *Kelly-Family,* darunter die Abbildung von acht grauenhaften Fratzengesichtern. Plötzlich fällt ein Schuss, der aber Gott sei Dank für dieses Hörspiel keine Bedeutung hat. Wie wird es denn weitergehen? Was wird denn noch weiter geschehen? Das können Sie nicht wissen. Sie können das ja schließlich nicht riechen! Fortsetzung folgt.

Teil 2

Wir befinden uns noch immer auf der Weihnachtsfeier des Meinungsforschungsinstituts Circa, wo statt der erwarteten 800 Gäste nur vier gekommen sind: ein serbischer Pizzabote und die als Heilige Drei Könige verkleideten dicken Nachbarskinder. Ein Stromausfall veranlasste Meinungsforschungsinstitutsleiter Edmund Rundmund, in den Keller zu trippeln, wo sich neben dem Sicherungskasten auch Amanda, eine afrikanische Näherin, befindet.

„Amanda, ich werd jetzt die Sicherung reintun, und dann kommste mit nach oben auf 'e Weihnachtsfeier, da warten 6.000 Brötchen und über 40 Kaninchenrücken auf uns, hm lecker, Mädchen!"

Amanda hat aber kein gesteigertes Interesse daran, mit dem heruntergekommenen Meinungsforschungsinstitutsleiter Rundmund auf die Party zu gehen. Mit hängendem Kopf schleicht der Meinungsforschungsinstitutsleiter mit klitzekleinen Schritten nach oben in den großen Saal, wo der serbische Pizzabote eingeschlafen ist und über einer Pizza Funghi hängt. Von den Kindern ist nur noch der als Balthasar verkleidete Nachbarsjunge da. Er kauert stöhnend mit einem unglaublich aufgeblähten Bauch vor dem von ihm ratzeputz leer gefressenen ehemaligen kalten Buffet. Rundmund ist fassungslos.

„Das gibt doch garnich, das fette Kind hat alles wech 'eputzt! 6.000 Brötchen, ein Wahnsinn!"

Das Kind gibt keine Antwort, sondern rülpst erbarmungswürdig und zerreißt mit ohrenbetäubenden Blähungen die festliche Stimmung der Weihnachtsfeier.

„Gibt doch auch gar nich! Den armen Kleinen in Balthasarkostüm zerreißt das ja, der explodiert mir hier noch wech!"

In diesem Augenblick bricht der vermeintliche Balthasar zusammen und röchelt zuckend am Boden. Der Meinungsforschungsinstitutsleiter hat kein gesteigertes Interesse daran, in seinem Meinungsforschungsinstitut ein Kind platzen zu lassen, deshalb liest er das unglaublich aufgedunsene Kind vom Boden auf, um es ins Spital zu bringen. Der zuständige Arzt diagnostiziert einen Cholesterinwert bei dem Kind, der so hoch ist, dass die Messlatte birst. Der Kleine stirbt sehr schnell, und Edmund Rundmund trippelt mit kleinen Schritten traurig nach Haus. Dort legt er sich neben dem schnarchenden serbischen Pizzaboten auf die kalte Pizza Funghi. Leise flötet er ihm ins Ohr:

„Schlaf gut, und frohe Weihnachten, du lieber Pizzamann."

Das Tonnenkinn

von Ferdinand Aromahammerammer und
Beatrice Pankraz-Pankreas-Ballermann

Es ist Nacht. Eine Eule ruft. [huhuu] Die Sternlein funkeln. Da ruft die Eule schon wieder. [hu huhu huu] Im Waschsalon arbeitet der 38-jährige Exilkubaner Ernesto Wolm, der sich um die Schmutzwäsche der Witwe seines Bruders kümmert. Angela, eine bildschöne, leider hörgeschädigte Angestellte der hiesigen Zeitarbeitsfirma. Ernesto Wulm leidet an einer fürchterlichen Krankheit. Er hat ein so genanntes Tonnenkinn, ein über 150 Kilogramm schweres Geschwür im Kinn. Aus Versehen gerät Ernestos Tonnenkinn in den Trockner.

„Oh, Mensch!"

Ernesto ist verzweifelt. Eingeklemmt in den Trockner weiß er keinen Rat. Angela sitzt ihm abgewandt auf einer Bank und liest in einem medizinischen Handbuch begeistert einen Artikel über Tonnenkinne. Sie hört das verzweifelte Schreien von Ernesto nicht, der mit dem Leben ringt.

„Oh, ne du, Mann, so'n Shiit!"

Ernesto stirbt. Angela aber weiß nun alles über die Krankheit Tonnenkinn. Die Moral von der Geschicht? Ich weiß es nicht.

Der Brei der Liebe

von Prof. Dr. Günther Hulde Huemar-Haunhut und
Frieda Beckmann-Blechbrust

Es ist Nacht. Ein Habicht lacht wie ein Mensch. [hahahahaha] Der Mond schwimmt wie ein gelber Faustball im Schwanenteich. Drei Schwäne putzen sich ihr Federkleidchen. Den Schwänen schwant Böses. Ein lautes Knurren zerreißt die Stille der Nacht. [grrrrrrr] Es ist der leere Magen der verzweifelten 60-jährigen Waldprostituierten Annemarie Moser-Pröll, die seit Jahrzehnten keine Freier mehr hatte. Die in ihrem Beruf erfolglose Annemarie wurde von ihrem Zuhälter Kalbfleisch-Kalle umso tiefer in den Wald geschickt.

„Annemarie, du bis das lahmste 'ferd in mein Stall! Ich kann dich nich mehr brauchen, ich brauch dein Nuttenplatz für die jungen Hühner!"

Annemarie Moser-Pröll bricht verzweifelt zusammen. Ihre Welt liegt in Schutt und Asche. Sie weiß nicht mehr weiter und entschließt sich, ohnmächtig im Unterholz liegen zu bleiben. Da kommt der nierenkranke Vater des Försters des Weges und stolpert über die ohnmächtige Waldprostituierte.

„Gibt ja gar nich! Wie? Ne Waldhure in Wald von

mein Sohn? Das wollten die Kuckucke und Spechte aber garnich so gern! Is ja nun kein Rotlichtwald!"

Ob der freundlichen Stimme des Förstervaters schlägt Annemarie die Augen auf und der Förstervater sie zusammen.

„Ah! Da is jetz mal einfach mit mir durchgegangen, 'tschuldigung Frau Waldhure! Als Zeichen meiner Freundschaft bring ich ihnen jetzt 'n Brei und mich dann anschließend um."

Tatsächlich, der geistig verwirrte Förstervater bringt Annemarie einen Teller Brei und erschlägt sich vor ihren Augen mit der blanken Faust. [klatsch] Ruhe kehrt wieder ein im Areal der Kuckucke, Habichte und Füchse (und Dachse). Ab diesem Tag isst Annemarie aus Dankbarkeit und tiefem Gefühl heraus jeden Morgen des Försters Vaters „Brei der Liebe".

Die Försterbürste

von Daniel Demut-Deppenzer und Regine Mösenlechner-Pannenpein

Es ist Nacht. Zwei Bussarde weinen wie zwei echte Männer. [heul] Eine schlanke Seeschlange onaniert verträumt den Mond an. Der Wald ruht in sich selbst. Die Bäume stehen nebeneinander wie fröhliche Sardinen. Da plötzlich fällt ein Schuss. Ein Kuckuck stöhnt verletzt auf [argh] und plumpst von seinem Nest herab ins nasse Unterholz. Zufrieden grunzt der junge Förster Bobby Konrad. Der zwölfte Kuckuck in vier Sekunden! Sein Schießgewehr glüht und seine Wange auch. Seine eine Wange, denn die andere Wange hatte ihm während seiner Försterausbildung ein Wildkuckuck weggebissen. Verständlich also, dass Bobby Konrad auf Kuckucke nicht so gut zu sprechen ist.

„Scheiß-Kuckucke! Drecksvögel! Ich knall se alle ab, scheiß auf Artenschutz!"

Kopfschüttelnd erscheint die Försterlegende Martin Maria Sacksatz auf der Bildfläche. Ihm, dem großen Kuckuckfreund, missfällt Bobby Konrads Hass auf Kuckucke sehr. Der einwangige junge Förster ist ihm ein Dorn im Auge.

„Drecksack! Drecksack! Lass mir meine Kuckuck in Ruhe! Wenn Sie noch ein Kuckuck von Nest runterknalln, dann knall ich Ihnen ein auf kaputte Wange!“

Bobby Konrad lacht nur über den langmähnigen alten Förster Sacksatz.

„Du eitler alter Sack! Leck mich!“

Mit diesem Satz wirft er die alte Försterlegende ins Unterholz, reißt ihm die grüne Försterjacke auf und bemächtigt sich der mächtigen Bürste des Altförsters. Mit weit aufgerissenen Augen beginnt der eitle Altförster um sein Haarpflegeutensil zu betteln:

„Bitte Bürste, bitte Bürste, bitte bitte Bürste Bürste!“

Doch unerbittlich, wieder mit glühender Wange, zerbricht Bobby Konrad die mächtige Bürste. Sacksatz stirbt sofort an gebrochener Bürste und gebrochenem Herz. Bobby Konrad aber lädt sein Schießgewehr durch und rottet weiter nach Herzenslust die Kuckucke im Wald aus.

Die Normalzeituhr der Metzgerin

von Heidelinde Braunau-Besenböck und Hartmut Nussgesicht

Es ist Nacht. Ein Pferd wiehert auf der Koppel, angewidert. [wieher] Ein Regenwurm wird von einem Kleinkind zerschnitten und kriecht in zwei Richtungen davon. Das Kleinkind heißt Ralf und lebt normalerweise in einem Heim für geistig abnorme jugendliche Rechtsbrecher. Übers Wochenende ist es zu seiner Mutter in die Waldmetzgerei gekommen, um mit ihr gemeinsam seinen zehnten Geburtstag zu feiern. Nach einer gerichtlich angewiesenen Hormonbehandlung ist der 1.30 m große Metzgerssohn ganzkörperbehaart und von Krampfadern übersät. Mit einer Axt erschlägt der Bub das Pferd und betritt fröhlich die gemütliche Metzgerei.

„Mama, ich bin's, Ralf! Ich bring die Axt zurück!"

„Brav, hast du Holz gehackt?"

„Ne, ich hab den blöden Gaul gehackt!"

Marianne, die Fleisch hackende Mutter, ist über ihren Filius entsetzt. Sie hatte sich ein Kind gewünscht, das brav lernt und auf der Fleischuniversität studiert, um ein angesehener Fleischarzt zu werden.

„Ralf, du bist 'n Drecksack, eine einzige Enttäuschung."

Sie schlägt ihn mit einem Schweinskopf windelweich. Doch dann siegt die Mutter in ihr. Sie nimmt den ohnmächtigen ganzkörperbehaarten Ralf in den Arm und drückt ihm einen Kuss auf die haarige Stirn. Sie blickt auf ihre Uhr, die weder die Tokio-, noch die New York- oder Sydneyzeit anzeigt, sondern nur die Waldzeit.

„Meine liebe Normalzeituhr! 11.53 Uhr, vor genau zehn Jahren wurde der kleine Ralf geboren. Ach!"

Verträumt, von schönen Erinnerungen gerührt, blickt sie auf die Holzuhr. Der Zeiger springt auf 11.54 Uhr. Sie legt den Buben wieder auf den Boden.

„Geburtstag vorbei, du missratenes Stück Scheiße."

Mit dem Schweinskopf bearbeitet sie ihren Sohn bis spät in die Nacht. Am nächsten Morgen wird Ralf wieder ins Heim für geistig abnorme jugendliche Rechtsbrecher gebracht. Bis zum nächsten Geburtstag!

Faschingsgirlanden in der Sargfabrik

von Rainer Werner Froschkopf und Anja Manuela Marx-Mistelbach

Es ist Nacht. Eine Eule spricht wie ein Mensch.

„Halo. Wigedesdia?"

Es ist ein Mensch im Eulenkostüm, der 47-jährige ehemalige Schlagersänger Benjamin „Benny" Bumsmann, der heute als Sargfabrikant sein tristes Dasein fristet. Er ist im Wald unterwegs, um ein wenig Luft zu schnappen. In der Sargfabrik, 200 Meter entfernt, tobt ein schönes Faschingsfest. Die Luft dort ist für Bumsmanns ohnehin angegriffene Lungen Gift. Er legt sich ins nasse Unterholz, um ein wenig durchzupusten, da erschreckt er sich. Was ist denn da?

„Ja, hoppla, was is denn da? Ja wenn das nich der darmkranke Leichenbeschauer is!"

Bumsmann hat recht. August Freiherr von Sodkotze liegt unter ihm im feuchten Unterholz. Sodkotze hatte scheinbar die gleiche Idee wie Bumsmann gehabt. Der darmkranke Leichenbeschauer nickt dem auf ihm liegenden Sargfabrikanten freundlich zu. Doch da passiert es. Durch das Gewicht des 130-Kilo-Mannes Bumsmann entweicht dem armen Leichenbeschauer ein mächtiger Herrenfurz.

„Oh ne, Herr Freiherr von Sodkotze, muss das sein? Ich extra im Wald wegen de gute Luf' gekomm'!"

Bumsmann läuft Amok. Er erschlägt mit einer toten Eule den furzenden Adeligen. An den wenigen Haaren zieht er August Freiherr von Sodkotze zur Faschingsparty zurück. Bumsmann zersägt den Leichenbeschauer in viele schmale Streifen, die er anschließend bemalt und als unheimliche Faschingsgirlande um die Särge drapiert.

Dostal und der Dunkelzifferapparat

von Friedrich Arthur Kramer-Schopf und
Renata Gartenkaiser-Schnabelhof

Teil 1

Es ist Nacht. Eine alte Eulenmutter singt traurig die *Internationale* [huhuhuu huu huhuu huu …], wohl wissend, dass selbst im Wald ein Rechtsruck stattgefunden hat und die marxistischen Ideale für Fauna und Flora Utopie bleiben. Eine Ameise weicht im letzten Moment einem Range Rover aus und wird trotzdem überfahren. Der Range Rover hat viel zu breite Reifen, sodass die Ameise gar nicht weit genug ausweichen konnte. Wieder ein trauriger Verkehrsunfall mehr im Wald. Er geht auf das Konto von Doktor Tobias Schädel, der in der Stadt ein Insektenspray-Imperium sein Eigen nennt. Der Herr der Schädlingsbekämpfung bringt den Range Rover laut bremsend zum Stehen und steigt aus.

„Scheiß aber auch, schon wieder! Schon die dritte Ameise in diesem Monat! Hoffentlich hat's keiner gesehen!"

Fahrerflucht. Doktor Tobias Schädel hält sich nicht an die vorgeschriebene Verhaltensmaßregel bei Verkehrsunfällen, sondern flirtet, statt erste

Hilfe zu leisten, mit Fräulein Dostal, dem jungen Ding, die am Beifahrersitz schon die Beine gespreizt hat, bereit von Tobias Schädel „durchgebumst" zu werden, wie er sich uncharmant ausdrückt.

„Scheiß auf die Ameise, Dostal, du weißt genau, warum wir in Wald sind, ne!"

„Ja, Chef."

„Jetz is bumsen bumsen bumsen!"

Die friedlichen Waldbewohner lauschen dem ordinären Treiben. Spechte, Kuckucke, Raupen, Tausendfüßler, Füchse und Dachse sind entsetzt, sind sie doch alle gut befreundet mit Fräulein Dostals Mann, dem tierlieben Förster Herrn Dostal, der sich seit Jahren für die Rechte der Waldbewohner, auch der kleinsten und schwächsten, einsetzt. Herr Dostal ist ein erbitterter Gegner des Ameisenmörders Doktor Tobias Schädel. Alle Tiere des Waldes schlagen auf einmal Alarm und krähen, scharren, pfeifen und klopfen, um Herrn Dostal zu alarmieren, der fünf Meter vom sündigen Range Rover entfernt in einer Hängematte ein Schläfchen hält. Tatsächlich erwacht der Förster.

„Jo, Sakrahaxn, wos homs denn, die Viecher? Jo, wos is'n des? Jo, des is jo es Auto vom Schädel! Jo, sowos, der dearf do ned da afoch in Woid einefoan!"

Die Tiere haben ihr Ziel erreicht.

Der herzensgute Herr Dostal erhebt sich erbost

und schreitet zielstrebig zum wackelnden Range Rover.

„Schädel, kim ausse do! Wos moch'schn do drin? Duasch schnaxln do, ha? Geh, foahr weida!"

Als Herr Dostal durch die Scheibe erkennt, dass es sich bei der Frau um seine eigene handelt, wird sein Ton ein wenig schärfer.

„Dös gibt's jo ned. Gabriele, bisch du des? Mei, des hätt i ma nicht von dir gedacht!"

Doktor Schädel gibt auch seinen Senf zu der pikanten Situation ab.

„Hau ab, du Penne! Siehst du denn nicht, dass ich gerade am Bumsen bin?"

„Schatzi, leg dich doch wieder hin, ich bums nur schnell fertig, dann komm ich eh nach Haus!"

Traurig wendet Herr Dostal sich ab. Die Tiere im Wald sind fassungslos. Mit hängendem Kopf will Dostal zur Hängematte zurück. Da entdeckt er am Boden die Ameisenleiche. Eindeutig stammen die Reifenspuren auf dem Ameisenkörper von dem inzwischen wieder heftig wackelnden und sich fast überschlagenden Range Rover.

Teil 2

Es ist immer noch Nacht. Auf dem kleinen Försterweg herrscht Aufregung. Im Range Rover des Pestizidenfabrikanten Doktor Tobias Schädel sind der Industrielle und die Frau des Försters Dostal heftig sexuell ineinander verstrickt, während der Förster vor dem wackelnden Range Rover eine überfahrene Ameise findet, die eindeutig von Doktor Tobias Schädel überfahren worden ist. Nicht das erste Ameisenopfer in diesem Herbst.

„Schädel! Schädel, lang dauert's nimma, und i hob di, du Verkehrsrowdy! Auf dem Fell von der Ameise, des is der Beweis, du Mörder! Des woar ned die erste Ameise!"

„Du Flasche wirst mir nie nachweisen können, wie viele Ameisen ich überfahren habe! Und jetzt lass mich in Ruhe, ich bin gerade deine Frau am fertigpimpern!"

Was Tobias Schädel nicht weiß, ist, dass Förster Dostal in seiner kargen Freizeit einen Dunkelzifferapparat gebaut hat. In Windeseile verschwindet Dostal im Försterhaus, um dort den Dunkelzifferapparat zu aktivieren. Wenige Tage später kommt es in der Stadt zu einem Aufsehen erregenden Prozess in Sachen Waldtiere, vertreten durch Förster Dostal, gegen Doktor Tobias Schädel, Fabrikant. Der Richter Doktor Harald Vater eröffnet den Prozess mit einem für die Kläger niederschmetternden Satz:

„Uns liegen keine genauen Zahlen über tote Ameisen vor. Darum ist der Prozess hiemit beendet."

Zufrieden lächelt Doktor Tobias Schädel. Aber er freut sich zu früh, denn jetzt kommt der große Auftritt von Herrn Dostal.

„Einspruch, Euer Ehren! Keine genauen Zahlen? Doch, die hob i!“

„Herr Dostal, es gibt da nur eine Dunkelziffer.“

„Hohes Gericht, des hier is mein Dunkelzifferapparat. Wenn Sie bitte schau'n möchten, es is eine genaue Dunkelziffer zu sehen, nämlich die 17. Herr Schädel hat also 17 Ameisen überfahren und dann Fahrerflucht begangen.“

Ein Raunen geht durch den Gerichtssaal. Doktor Tobias Schädel erbleicht. Fräulein Dostal, des Försters Frau, die unter der Anklagebank hockte, um dem Fabrikanten während des Prozesses sexuelle Dienste zu erweisen, kriecht ebenfalls kreidebleich unter der Bank hervor. Mit einem Hammer schlägt der Richter aufs Pult, um den Tumult zu beenden. [klopf, klopf, klopf]

„Ich verurteile Doktor Tobias Schädel zum Tode.“

So kehrt im Wald wieder Ruhe ein. Politisch wie gesellschaftlich fühlt die Försterin auch sexuell. Wie oft Fräulein Dostal und Herr Dostal in den nächsten Jahren sexuell miteinander verkehren werden, weiß nicht einmal der Dunkelzifferapparat. Und auch nicht die Eule, die stolz auf ihrem Baum sitzt und kräftig die *Internationale* bläst.

Vergessene Momente eines zu Ende gehenden Jahrhunderts

Teil 1: Die Brüllwurst-Story

26. 3. 1979: Das Thermometer zeigte 104 Grad Fahrenheit an, bei der Polizei. *104 Grad Fahrenheit* war eine verwahrloste Hochzeitsband aus Temesvar, aus dem Allgäu Kaliforniens. *Das Thermometer,* so nannte sich der 33-jährige Experimentallyriker und Wettermoderator Axel Brüllwurst. Was war geschehen? Brüllwurst hatte wie immer bei *Kanal 69,* einem regionalen Fick-TV das Wetter angesagt. Anschließend, so wollte es Programmdirektor André Abaapfel, sollte Axel Brüllwurst die Band *104 Grad Fahrenheit* ansagen, die schon in verschiedenen anderen Wettershows auf Ordinärkanälen ihren großen Wetter-Hit „Komm Adelheid, wir lassen einen fahren heut" dargeboten haben, primitive Volksmusik, milliardenmal verkauft. Brüllwurst moderierte an: „Nach dem Wetter jetzt Musik, vom Feinsten, und zwar hier, hier sind sie schon, *104 Grad Fahrenheit,* mit dem Titel „Komm Adelheid, wir lassen einen fahren heut'!" Doch dann geschah das Unfassbare, live, vor einem Milliardenpublikum. Entgegen allen Abmachungen nämlich stimmten *104 Grad Fahrenheit* den alten Benny Bumsmann-Klassiker „Ich heiß Bumsmann, wie heißt du" an

und nicht „Komm Adelheid, wir lassen einen fahren heut"! Axel Brüllwurst, *Das Thermometer* von *Kanal 69*, und Programmdirektor André Abaapfel zögerten keinen Moment und riefen sofort die Polizei. Die Band wurde abgerichtet und hingeführt, Quatsch, abgeführt und hingerichtet. Das war die Brüllwurst-Story, ein vergessener großer Moment eines zu Ende gehenden Jahrtausends.

Teil 2: Axtwursts Patti Smith-Poster

Nach einem *The The*-Konzert im Thanksgiving-Stadium von Massachusetts an der 24th Street Ecke 3rd Avenue wollten sich Nathan und Thelma Axtwurst die lang ersehnte *Aerosmith*-Single zulegen. „Thelma", sagte Nathan Axtwurst zu seiner sister in law Thelma, „du, die haben nur die neue Scheibe von den *Smiths!" „Smiths* sind scheiße!", warf der Verkäufer Lutz Smets ein. „Was? *Smiths* sind scheiße? *Take That* sind scheiße und *Scooter!"*, antwortete Nathan Axtwurst dem Verkäufer Lutz Smets, dessen Wange ein Schmiss zierte. „Wissen Sie was, wir waren bei *The The!* Es war fantastisch, Sie blöde Sau! Ist das *Patti Smith*-Poster gratis, Sie Spaßvogel?", fragte Thelma Axtwurst. „Si!", antwortete der spanische Boss aus dem Hintergrund. „Und das *Siouxsie And The Banchees*-Poster auch! Tschüssikovski!"

Teil 3: Zähne und Löcher

Mit der Zunge erfühlte er ein Loch im Zahn, das war 1971. Und heute, 1999, saß er mit diesem scharfen Zahn in einem Loch, diesem miesen Schuppen in der Bronx. Sein Leben hatte ausschließlich mit Zähnen und Löchern zu tun. Einmal, 1983, war sein Gebiss während einer Bootsfahrt und stürmischem Herumgeknutsche peinlicherweise in den Loch Ness gefallen. 1976 fiel er durch ein Loch der Zahnradbahn kopfüber in eine Kuh, die ihm zum Dank sofort Löcher in die Lederjacke biss. 1984 fiel er während seiner Zeit als Zahnarztassistentinnenassistent in ein schwarzes Loch, Depression. Dieses, sein Leben erzählte er dem scharfen Zahn, einer 26-jährigen rumänischen Milchmetzgerin, in dem miesen Lokal in der Bronx. „[gähn] Interessant“, sagte die Rumänin, schlug ihm gelangweilt ein Loch ins Gesicht und knirschte danach triumphierend mit den Zähnen.

Teil 4: Löcher im Keller

Er lag im Keller, neben den Kartoffeln und dem geblümten Gästebettbezug. Es war 15 Uhr. In genau einer Stunde war wieder ein ganz normaler Arbeitstag vorbei. Seit sieben Stunden lag er bewegungslos im dunklen Keller und starrte Löcher in den geblümten Gästebettbezug, Löcher, die seine Frau ab 16 Uhr in fleißiger Heimarbeit wieder stopfte. Er war Arbeitgeber, selbstständig, er starrte hauptberuflich Löcher in geblümte Gästebettbezüge, ein ehrliches, fleißiges Mitglied unserer Gesellschaft. Um 16 Uhr rappelte er sich auf und hinkte, beide Beine nachziehend, vom Tagwerk erschöpft nach oben und legte sich grußlos aufs Gästebett auf den Bauch. Mit dem Gesicht drückte er die Rosshaarmatratze ein und stellte entnervt fest, dass das Gästebett wie immer nicht überzogen war. Im Nebenzimmer röchelte seine Frau, Stopfgeräusche erfüllten das Haus. Glücklich schlief er ein, mit sich im Reinen.

Mit freundlicher Genehmigung der Zeitschrift *Wiener*

Die *Wiener* Kolumnen

Ein alter Serienkiller-Witz lautet: Wenn in deiner Stadt ein Massenmörder sein Unwesen treibt, versuche nicht zu flüchten, sondern, im Gegenteil, sein Nachbar zu werden. Denn Nachbarn sagen in Interviews immer: „Komisch. Mir ist überhaupt nichts aufgefallen. Er war immer nett und freundlich!" Da ist etwas Wahres dran, und deshalb umgeben wir uns ausschließlich mit irren Verbrechern. Wir schalten Inserate im Fachblatt für geistig abnorme Straftäter „Mord und Totschlag" und bieten komfortable Zimmer in unserer Kabarettisten-WG an. So sind wir bis jetzt von heimtückischen Attentaten und unsympathischen Amokläufern verschont geblieben. Aus Angst Nähe suchen. Bei genauerer Betrachtung sind eigentlich wir ein Fall für den Irrenarzt.

Wenn man nun bald in der U-Bahn jemandem begegnet, der Tinte am Daumen hat, dann fühlen wir uns deswegen nicht sicher. Werden wir nämlich von demjenigen in Stücke gerissen und, in viele Einzelteile zerlegt, in einen Müllcontainer geschmissen, dann bringt es uns als Leiche nichts, dass man durch die Fingerabdrücke eventuell herausfinden kann, wer der Herr Mörder ist. Leichen sind so anspruchsvoll, mit nichts können sie sich anfreunden, was die Art und Weise betrifft, wie man sie um die Ecke gebracht hat. Den einen stört der Luftzug, der andere jammert, weil er ein Messer auf sein Herz zukommen sieht, ein Dritter empört sich darüber, dass das Gift so bitter schmeckt. Viele Verbrecher prangern die Mimosenhaftigkeit ihrer Opfer an. Man muss ihnen also nicht noch zusätzlich das Leben mit Fingerprints schwer machen, haben sie doch auch so schon genug um die Ohren. In Gesprächen mit Tätern wird immer wieder klar, dass sie sehr wütend darüber sind, dass immer nur sie verfolgt und vor Gericht gestellt werden. Nie aber das Opfer, obwohl das doch auch in den Mord verwickelt war.

Bei aller Skepsis über das Ende der persönlichen Freiheit durch Überwachungsmaßnahmen wie Fingerprints, Irisdurchleuchtung und täglichen Speichelabstrich wollen wir doch auch die positiven Seiten der totalen Überwachung nicht unerwähnt lassen. Für einsame Menschen ist das Fernrohr auf der anderen Straßenseite Symbol einer Anteilnahme und eine willkommene Abwechslung im kargen Alltag. „Endlich interessiert sich wer für mich!" Außerdem kann man sehr viel über sich selbst erfahren, wenn man vereinbart, einmal im Jahr in seine Akten schauen zu dürfen. Was den Speichelabstrich betrifft, werden sich Menschen ohne Sexualpartner freuen, weil das ja auch eine Art bizarrer Erotik bedeutet.

Was wir allerdings im Zuge der Terrorismusbekämpfung anprangern, sind die verbindlichen

Deutschkurse und Österreichtests für Ausländer. Wenn nämlich jeder arabische Extremist plötzlich redet wie ein Meidlinger Wurstverkäufer und dazu einen Floridsdorfer Jogginganzug trägt, wird es natürlich umso schwieriger, die Spreu vom Weizen zu trennen; den Inländer vom Ausländer, den Täter vom Opfer.

Ganz im Gegenteil sollte man das Pferd von der anderen Seite aufzäumen. Alle Inländer sollten die Heimatsprache jedes einzelnen Ausländers in einem Crashkurs lernen, um schon im Vorfeld Gespräche verstehen zu können, die verdächtige Ausländer miteinander führen. Das würde innerhalb von wenigen Jahren zu einem unglaublichen Bildungsniveau in der Alpenrepublik führen. Stellen Sie sich einmal vor, jede Billa-Verkäuferin könnte 130 Sprachen sprechen plus Gebärdensprache und Esperanto! Die könnte schon am Eingang die beiden Bulgaren, die sich über den nun folgenden Lippenstiftdiebstahl unterhalten, dingfest machen. Nach und nach sollte das öde Deutsch ganz aus dem Sprachgebrauch verschwinden, was den Vorteil hätte, daß man den lieben Herrn Ingenieur Westenthaler oder den lieben Herrn Magister Hannes Jagerhofer nicht mehr verstehen kann. Aber für diese brillante Idee, für die wir übrigens im Jahre 2011 den Friedensnobelpreis kriegen werden, sind zurzeit selbst die Grünen zu rechtskonservativ. Utopien werden am Anfang immer verlacht, das war schon beim Bügeleisen so, das ist dem Vordenker egal.

. . . .

Die besten Witze entstehen unter Drogeneinfluss. Daran können Sie erkennen, dass wir drogenfrei sind. Und weil wir vor jedem Schreiben einer Wiener-Kolumne duschen gehen, sind wir sogar richtig clean.

Drogen sind wie Eier: Es gibt harte und weiche, mit dem einzigen Unterschied, dass es in Wirtshäusern keine Drogenspeis gibt. Außerdem gibt es keine Eierberatungsstellen und keinen Eierstrich. Obwohl man den Homostrich umgangssprachlich durchaus als „Eierstrich" bezeichnen könnte.

Daraus folgt: Man sollte seine Drogen ausschließlich von glücklichen und frei laufenden Dealern kaufen. Das geht aber nicht, wenn man Dealer einsperrt. Dann werden sie nämlich traurig, einsam und können nicht mehr fröhlich gackernd herumlaufen. Woran soll sich dann unsere Jugend noch orientieren? Es gibt drei wichtige Erziehungssäulen für unsere kleinen, gefiederten Freunde, die Kinder: Mutter, Vater, Dealer. Man darf diese Triangel der Liebe und Zuwendung nicht zerstören. Wo lernen unsere Kinder denn, mit verschiedenen Gewichtseinheiten umzugehen? Wo kriegen sie denn einen praxisorientierten Chemieunterricht? In dunklen Hauseingängen auf der Straße. Und für kurze Momente sind unsere Kinder wirklich glücklich.

Das sagen wir nicht alles so dahin, nein, wir haben uns informiert und teilweise wörtlich abgeschrieben aus der offiziellen Werbebroschüre des Medellin-Kartells. Aber natürlich hat jede Kehrseite auch eine Medaille, wenn Sie meinen, was wir verstehen. Drogen sind zum Beispiel sehr teuer, die Wirkung hält nicht sehr lang an, und manchmal sehen beide Unterarme so aus, als hätte man sie an eine Imkerei verliehen. Dass viele Drogensüchtige im Stehen schlafen können, ist wiederum als klarer Vorteil zu werten. Man spart das Bett. Die stark verlangsamte Motorik der lieben Drogensüchtigen verhindert hektische, überstürzte Entscheidungen, was für eine berufliche Karriere noch nie ein Fehler war. Das extrem verwahrloste Äußere vieler Drogensüchtiger reduziert die Berufschance allerdings auf Journalismus und Werbung.

Merkwürdig ist, dass der Beruf des Drogendealers auf keiner Berufsinformationsmesse vorgestellt wird, bietet diese Tätigkeit doch unverhältnismäßig viele Vorteile. Solides, steuerfreies Einkommen, frische Luft und Kontakt mit jungen, interessanten Menschen. Außerdem braucht man keine langwierige Ausbildung. Der Aufstieg vom Drogenkurier zum Drogenboss ist ein zusätzlicher Jobanreiz. Ein boomender Markt, gegen den die new economy alt aussieht. Da nimmt man dann auch gerne mal die unangenehme Form des Drogenschmuggels auf sich. Leider darf man 60 Kilogramm Kokain ja nicht im Samsonite-Koffer transportieren, sondern muss mit After, Darm und Mund vorlieb nehmen. Wenn dem Dealer auf einer seiner spannenden Geschäftsreisen einmal das Kokain unbemerkt aus After oder Mund fällt, dann kann er die Drogenfahndung anrufen, und die bringen ihm das kostbare Gut wieder zurück.

Ein spektakulärer Fall ereignete sich vor wenigen Wochen am Wiener Flughafen, als 40 kg Kokain gefunden wurden. Anders ausgedrückt: Kate Moss war in Wien.

Viele Sportler und Modells nehmen Drogen. Vor allem Tennisspieler, oder wie erklären Sie sich sonst den Begriff „Tennis-Crack". Sie merken, das war ein Witz. Und wie bereits erwähnt: Die besten Witze entstehen unter Drogeneinfluss.

Wir wollen ja nichts sagen, aber Tony Vegas war eigentlich nur erfolgreich, als er Drogen und Handtaschen genommen hat. Mit dem Drogenentzug kam der Absturz. Nicht zuletzt, weil die Drogen, die man ihm entzogen hat, natürlich sehr wertvoll waren. Drogen-Entzug ist Diebstahl. Und da sind wir mit Helene Partik-Pable einer Meinung: „Kriminalität – auch wir wollen sicher leben". Denn schließlich sind auch wir drogensüchtige Mütter.

. . . .

Liebe Web-Designer, D-Janes, Art Direktoren und Consulterinnen, wenn wir so dann und wann in eure leeren Gesichter schauen und euer nervöses Augenflackern sehen, dann wissen wir, was euch fehlt. Werft die Lifestyle-Gazetten aus dem Fenster und die Mobiltelephone, die Crack-Pfeifen und Geschirrspüler und die beschissenen Computer. Nehmt euch an den Händen und lauft uns nackt hinterher. Wir weisen euch schon den Weg. Wir haben nämlich schon vor Jahren einen Ausgleich zu dem urbanen Irrsinn gefunden: Wir arbeiten unentgeltlich fünfmal die Woche für einen niederösterreichischen Tierarzt auf dem Land. Das beruhigt die Nerven und heilt das Herz. Und es lehrt uns, die Welt in ihrer Gesamtheit neu zu begreifen. Stecken Sie doch einfach einmal den Kopf in einen Ameisenhaufen, und Sie erlangen einen Bewusstseinszustand, den kein Ecstasy Ihnen bringen kann.

Schreien Sie eine Nacht lang mit den Fledermäusen, lassen Sie sich von einem freundlichen Imker zeigen, wie man einen voll besetzten Bienenstock säubert.

Erst gestern sind wir rektal zuerst mit den Armen und dann auch mit den Beinen in eine Kuh gestiegen, deren Gebärmutter sich gelöst hatte. Glauben Sie uns, stante pede hatten wir alle Parkplatzsorgen der Stadt hinter uns gelassen. Spätestens in einer

Kuh wird man wieder zum Mensch. In einer Kuh wohnt man wieder so wie früher, ohne Fernseher, *Wiener*-Abo und elektrisches Licht. In einer Kuh ist es archaisch. Keine Cocktails auf öden Stehparties, dafür frischer Pansensaft. Wir haben in einer Kuh schon mal eine ganze Partie Schach gespielt. Von morgens acht bis abends 19 Uhr saßen wir mal durchgehend in einer Kuh, um dann abends im Wiener Kabarettlokal *Vindobona* einen Auftritt zu machen. In einer Kuh herrscht übrigens strenges Rauchverbot, ähnlich wie im Wiener Kabarettlokal *Vindobona*. Kühe und Kleinkunst haben überhaupt große Ähnlichkeit. Nicht umsonst heißt der wichtigste Kabarettpreis des Landes *Salzburger Stier*. Dass wir beide die heurigen Preisträger sind, hängt nicht zuletzt mit unserer Tätigkeit in der tierärztlichen Praxis zusammen.

Genau wie im Theater macht man sich auch in einer Kuh keine Freunde, wenn das Handy läutet. Und, erneute Parallele zu Kleinkunsthäusern, in Kühen wird viel gelacht. Die Innenwände von den uns bekannten Paarhufern sind allesamt voll gekritzelt mit Karrikaturen von Rudi Klein, Tex Rubinowitz und Rattelschneck, die alle offensichtlich schon vor uns in diesen Kühen waren. Damit wird auch klar, dass wir nicht die Ersten waren, die Zuflucht vor der Hektomatikwelt in Kühen suchten. Alle Komiker tun das. Danny Kaye hat in einer Kuh steppen gelernt, und Jerry Lewis hat Dean Martin in einer amerikanischen Kuh kennen gelernt. Alle Komiker arbeiten in Kühen, nur Jörg Haider verfasst in einem Schwein seine Aschermittwochsreden. Haider hat nämlich Kuhverbot. Das haben die Kühe durchgesetzt. Interessanterweise haben Kühe selbst überhaupt kein Interesse am Stadtleben. Da kann Hannes Jagerhofer noch so oft „Event!Event!" schreien, den Kühen ist das scheißegal. Kühen ist das Kinosterben egal, gleiches gilt für Lesungen im Radiokulturhaus oder den Umbau vom Konzerthaus. Bei aller Ablehnung des Kulturellen ist doch eins bemerkenswert: Fast jede uns bekannte Kuh liest begeistert Benjamin von Stuckrad-Barre. Ein Umstand, den sich nicht einmal unser niederösterreichischer Tierarzt erklären kann.

Niemals käme man auf die Idee, eine Kuh zu fragen, ob sie Lust hat auf eine Städtereise nach Sankt Petersburg oder auf Musicals am Broadway. Eine Kuh würde auch dankend ablehnen. Die uns bekannten Kühe stehen am liebsten einfach nur so in Niederösterreich herum. Keine Spur von Rastlosigkeit, was sie wiederum von Niederösterreichern auch nicht wirklich unterscheidet. Oder haben Sie schon mal einen Niederösterreicher gesehen, der etwas anderes tut, als einfach nur so in Niederösterreich herumzustehen?

Das waren unsere hochinteressanten Ausführungen zur Ähnlichkeit zwischen Kühen und Kabarett und zwischen Kühen und Niederösterreichern. Wir danken für Ihr Interesse, Ihr *Wiener* Witze-Team.

. . . .

Sagt man eigentlich, „der" Dalai Lama oder „das" Dalai Lama? Sie ahnen schon, wir meinen das Orange mit der Brille, einer von den fünf Tibetern. Ein durch und durch unsympathischer Mann. Verlogen und unfreundlich. Wir haben ihn mal im Speisewagen kennen gelernt, zwischen Amstetten und Sankt Valentin. Dalai hat die ganze Zeit irgendwelche Angebergeschichten aus Tibetanien erzählt, dass er der Oberindianer dort sei, und dass er gescheiter sei als Roger Willemsen. Solche Sachen hat der erzählt. Wir haben ihm dann gesagt, dass wir die Kabarettisten Österreichs sind und außerdem eine Kolumne in einer Zeitgeistzeitung haben, genauso wie Umberto Eco. Damit haben wir der Brillenschlange den Wind ein bisschen aus den Segeln nehmen können. Völlig entnervt ist der Pagageienfarbene dann in Sankt Pölten ausgestiegen, wahrscheinlich um ein wenig in der Erotik-Messe herumzuschnüffeln. Er wird sich schon ordentlich einen runtergebetet haben. (Oh Gott, oh Gott, das wird wieder erboste Leserbriefe hageln. Na und?)

Hätten Sie gedacht, dass der oder das Dalai Lama die *Kronenzeitung* liest, wenn er in Österreich ist? Was tut der noch alles? Geht der ins Schnitzelhaus essen? Schaut der sich in seiner Freizeit Steinböck und Rudles neues Kabarettprogramm „Killerkiperl 3" an? Geht der ins Wettpunkt-Cafe und verspielt seine ganzen tibetischen Dollar am Pokerautomaten? Wahrscheinlich, er ist ja auch nur ein Mensch, der orange Otto aus Tibetien.

By the way: Hat irgendjemand die *ORF*-Übertragung vom *Kurier*-Stadthallenturnier auf Video aufgenommen? Wir zahlen Höchstpreise für ein Video der Begegnung der Partie Unterstinkenbrunn gegen Mattersburg. Aber das nur, wie schon gesagt, nur nebenbei.

Warum wir so viel über den Dalai Lama schwätzen? Der Lalai Dama kommt nicht zum Opernball. Wie jedes Jahr geht er am Tag des Opernballs ins *Flex:* saufen und tanzen. Der Opernball findet heuer übrigens zum ersten Mal nicht in der Staatsoper statt, sondern in der *Lugner City.* Aus diesem Anlass hat Richard Lugner eine ganze Palette an Superstars eingeladen. Ein ekelhaftes Promipaket, angeführt von Mathias Rüegg oder so, dem Chef des *Vienna Art Orchesters,* das ist angeblich so eine Art Orchester. Außerdem am Opernball 2001: Dumbo der Elefant, Astrid Lindgren, Ingemar Stenmark, Meinrad Knapp und Johann Nepomuk Nestroy. Caspar Hauser wird sagen: alles Walzer. Wenn er's über die Lippen bringt, der autistische Hansel. Mal gucken, ob Adolf Hitler wieder kommt. Seit Richard Lugner offizielles Mitglied des Personenkommitees (hartes Wort. Wissen Sie, wie man

„Komitee" schreibt? Nee, Sie wissen wahrscheinlich gerade mal, wie man „Tee" schreibt, stimmt's?) ist, wird der verstaubt-verschnarchte Ball wieder zu einem glamourösen Superball. Jeder Gast bekommt am Eingang von dem *Taxi-Orange*-Türsteher Oliver Auspitz eine Ausgabe des Max Frisch-Meisterwerks „Mein Name sei Gantenbein" in die Hand gedrückt. Max Frisch ist nämlich der diesjährige Sponsor. Man kann dann also, literarisch ausgedrückt, stundenlang das Gantenbein schwingen. Hübsche Idee.

Um Mitternacht kommt der Vierschanzentournee-Sieger Adam Malysz in die *Lugner-City* gesprungen. 39 Kilogramm groß und nur ein Meter schwer, der kleine, törichte Zwerg aus Polen. Meine Güte, muss das sein? Vielleicht bringt er ja als Tanzpartnerin den Deutschen Ronny Hornschuh mit, der bei der Vierschanzen-Tournee Letzter wurde oder noch schlechter. Können Sie sich vorstellen, mit jemandem zu tanzen, der Hornschuh heißt, das klingt so verdächtig nach Klumpfuß. Das wäre ja nochgerade so, als verliebte man sich in jemanden, der Hans Hass heißt. Nein, Opernball, das ist nichts für uns. Zu schillernd, zu groß. Schuster, bleib bei deinen Leistenhoden. Wir wissen, wo unser Platz ist in der Welt. Wir gehen am Tag des Opernballs in die Disko. Ins *Flex,* wo wir uns lieber weitere Angebergeschichten von unserem neuen, exzentrischen Kumpel Malai Dama anhören. Prost.

. . . .

Wir alle sehnen uns in diesen Zeiten nach Ruhe, Gelassenheit und Idylle. Stimmt's? Wir zwei sind sozusagen die personifizierte Harmonie in unruhigen Zeiten. Grissemann hat Würmer, und Stermann angelt gern, und alle unsere Katzen wohnen im Miezhaus.

Soweit so klar und schön. Jetzt aber zum eigentlichen Thema: Ostern geht ja vielen auf die Eier, dieses harmonisch-gelassene, ruhige, idyllische Mistfest, wo man ein Geschenk nicht einfach überreicht bekommt, sondern es demütigenderweise auf allen vieren mühsam kriechend suchen muss. Das war schon immer so, ein Schuss ins Knie für den, der das erfunden hat. (Oh Gott, wollen sie jetzt den Nächsten erschießen? Wenn Sie weiterlesen, machen Sie sich laut Paragraf 1 der Westenthalerschen Gesetzgebung strafbar und enden direttissima am ungemütlichen elektrischen Stuhl.)

Lesen Sie nun, geneigte B-Schicht-Leserschaft, den rührenden Dialog zweier Entertainer in spe, geführt am Ostersonntag des Jahres 1968, und entdecken Sie die in diesem Dialog versteckten Spracheier.

Grissemann (zum ersten Mal kurz nüchtern seit dem Dreißigjährigen Krieg, im Ohrensessel auf dem Bauch liegend): Stermann, heute ist Ostern. Was feiert man da?

Stermann (mit Strickarbeiten beschäftigt, sehr genervt):

Herr Grissemann, ich bin mit Strickarbeiten beschäftigt und sehr genervt!

Grissemann: Ach so, ja, was Sie in der Strickerei nicht schaffen, erledigen Sie daheim.

(Seit 12 Jahren führt der Angst- und Ekel Deutsche Stermann die Strickerei „Stermann". Die Geschäfte gehen sehr schlecht.)

Stermann (legt den halbfertig gestrickten, wollenen Eierwärmer beiseite und stellt durch einen geschickten Blick in den gestrickten Spiegel fest, dass er aussieht wie der Sänger der Band Judas Priest*):* Wissen Sie, Grissemann. Am Karfreitag ist Jesus Christus gestorben, und am Ostermontag ist er wieder auferstanden.

Grissemann: Mist. Dann hat Jesus ja am Samstag gar nicht *SAT 1*-Ran sehen können.

Stermann: Stimmt, aber am Montag hat er sich sicher sofort den neuen *Kicker* gekauft.

Grissemann: Ja, genau. Danke, jetzt weiß ich, was Ostern ist. Ostern ist eigentlich eine staatlich genehmigte und von der Kirche forcierte Ablenkungsaktion von der Volksdroge Fußball.

Stermann: Nein, Herr Grissemann. Diese Erklärung findet sich unter Garantie in keinem Lexikon.

Grissemann: Schluß mit Ihrem Geschwafel, was ist mein Ostergeschenk?

Stermann: Etwas zum Stricken!

Grissemann: Ich kann doch gar nicht stricken!

Stermann: Ich hab Ihnen zwei Stricknadeln gestrickt.

Grissemann: Aber die sind doch viel zu weich, damit kann man doch gar nicht stricken.

Stermann: Ja, Sie können ja sowieso nicht stricken, und womit Sie nicht stricken können, ist doch egal.

Grissemann: Ja. Ich schenke Ihnen etwas sehr Persönliches. Ihr Freund, der Tierpräparator ist doch gestorben. Ich hab ihn zum Tierpräparator-Präparator gebracht und ihn ausstopfen lassen.

Stermann: Schade. Ich hatte gehofft, Sie schenken mir ein paar Betten. Ich habe doch diesen unfassbar hohen Bettenverschleiß. Jeden Tag ein neues Bett.

Grissemann: Warum tun Sie das, Stermann?

Stermann: Ich erkläre mich mit den Studentenprotesten solidarisch und setze eine Forderung konsequent um: „Wer zweimal in demselben pennt, gehört schon zum Establishment"!

(Der noch immer sturznüchterne Grissemann und der schwer asthmatisch schnaufende Stermann kriechen auf allen vieren durch ihre Wohnung auf der Suche nach den hübschen Geschenken. Als sie ihre Geschenke finden, werfen sie sie wortlos in den Mistkübel. Stermann macht sich daran, den Eierwärmer weiterzustricken, und Grissemann leert eine Flasche Eierlikör und lernt parallel dazu die Ergebnisse der zweiten deutschen Fußball-Bundesliga auswendig.)

Stermann: Ja, dann. Frohe Ostern.

Grissemann: Jaja. Sie auch!

P.S.: das ist doch mal eine kuriose Sache, das P.S. an den Anfang zu stellen, was? Wussten Sie übrigens, dass P.S. die Initialen von Paul Schockemöhle sind, dem womöglich längst verblichenen deutschen Springreiter? Verzeihen Sie, dass wir's nicht genau wissen, ob er tot ist oder nicht, aber Recherche wird in diesem Wurstblatt nicht bezahlt. Pauls Gaul hieß übrigens auch Schockemöhle, wie seine drei Kinder und sein Lieblingsgericht, das ist nachrecherchiert und wird auch nachverrechnet.

Wir hätten so gerne einmal eine ganze Kolumne über Paul Schockemöhle geschrieben, aber dafür scheint die Zeit noch nicht reif zu sein. Kennen Sie übrigens die Wiener Internistin Frau Doktor Ursula Zeit? Wir lernten sie kennen, als uns einmal Peter Westenthaler in Stücke gerissen hat. Wir wurden ins AKH eingeliefert, und sie flickte uns wieder zusammen. Seitdem heißt es ja: die Zeit heilt alle Wunden.

Kleiner Scherz am Rande des Nervenzusammenbruchs. Unser Nervenkostüm ist zwar von *Versace,* aber zum Reißen gespannt. Die Herren Tyrannen vom *Wiener* haben uns nämlich ein Thema für unseren Aufsatz befohlen, zu dem einem weniger als gar nichts einfällt, und das ist noch übertrieben. Es lautet „Sonnwend-Feier".

Puh.

Schreiben Sie mal zwei Gags pro Halbsatz zum Thema „Sonnwend-Feier". Um ehrlich zu sein, wissen wir zwei Kosmopoliten überhaupt nicht, was das ist. Und für Recherche fehlt das Geld. Also einfach aus dem Bauch heraus.

Wir vermuten, bei Sonnwend-Feiern muss man mit dem Vater von Jörg Haider über glühende Hakenkreuze laufen und anschließend mit Kriemhild Trattnig das Hakenkreuzworträtsel aus der Nationalzeitung lösen. „Germanischer Wurfspeer mit drei Buchstaben" und so. Nee, nee. Bei so einem Nazidreck machen wir nicht mit. Ist uns doch viel zu links und warmduschrig. Wir sind echte Kerle. Schlappschwänze feiern Sonnwend-Feiern. Die gleichen, die das Handy im Flugzeug ausschalten. Oder Beim-Ertrinken-um-Hilfe-Rufer. Oder Zweite-Weltkrieg-Bombe-Entschärfer, Beim-Pinkeln-Hose-Öffner. Die Welt wird an diesen Sonnwend-Softies zugrunde gehen.

Wir, die wir schon zehn brennende Flugzeuge wieder auf den Boden gebracht haben, können darüber nur lachen. Wir haben auch schon mal ein Hochhaus während der Sprengung mit unseren Armen zusammengehalten und wohnen heute drin. Außerdem haben wir vor drei Jahren etwas gegen Schwerelosigkeit erfunden. In diesem Land werden

Ideen bezahlt und nicht Recherchen. Alle Leute, die ernsthaft Sonnwend feiern, sollte Herr Endemol in einen fensterlosen Container sperren. Keiner darf raus, und das Ganze wird auch nicht im Fernsehen übertragen. Das wäre herrlich.

Als wir beide noch nicht die Elektrizität erfunden hatten, galt der 21. Juni als der längste Tag des Jahres. Heute kann man einfach 24 Stunden lang das Licht anlassen. So kann sich inzwischen jeder seinen eigenen längsten Tag machen.

Ist das nicht poetisch? Nein, überhaupt nicht. Was soll denn an kaltem Neonlicht poetisch sein, Sie Nase!

Poetisch sind Lagerfeuerromantik und Gitarre spielende Langhaarige, die, während sie die eine Frau vögeln, einer anderen bei Kerzenlicht einen Liebesbrief schreiben. Oder Uniformierte, die Karten spielen und dazu ein bisschen leise furzen. Das ist für uns das romantischste Bild zur Zeit, das uns einfällt. Womit wir eigentlich wieder bei der Sonnwend-Feier sind, wo langhaarige, Gitarre spielende uniformierte Frauen vögeln, Karten spielen und furzen.

So ist es.

Worauf Sie einen lassen können!

. . . .

Wir sind die führenden Satiriker dieses Landes. Satyriker fast. Das sei an dieser Stelle noch einmal jenen hinter die Ohren geschrieben, die in dieser Machogazette ständig hasserfüllte Leserbriefe gegen uns verfassen. Es wird nichts nützen, hören Sie endlich auf damit. Falls Sie nicht damit aufhören, fordern wir hiermit die *Wiener*-Redaktion auf, solche Briefe nicht mehr zu veröffentlichen. Gleichzeitig verlangen wir, dass einzelne *Wiener*-Redakteure unter Pseudonymen Leserbriefe voll des Lobes über unsere Kolumne schreiben. Jeder Kolumnist dieses Landes wird mit Liebe und Lob überschüttet, nur wir nicht. Uns würde die geneigte Leserschaft am liebsten vierteilen und anschließend in Stücke reißen. Naja, das ging Karl Kraus damals mit seiner *Fackel* auch nicht anders. Wahre Qualität wird immer erst viel später erkannt. Wir möchten Sie zum wiederholten Male auffordern, unsere Kolumne mit denen von Sir Peter Ustinov zu vergleichen. Dieser Vergleich macht sicher. Des Sirs Geschreibsel ist totlangweilig, unsere sprachlichen Spielereien hingegen jedes Mal ein Fest der Sinne.

Vielleicht ist die Ablehnung auf unsere Kolumne Folge der Themenwahl. Dazu möchten wir bemerken, dass unser Chef Doktor Peter Mosser in Absprache mit führenden Redakteuren uns die Themen telefonisch mitteilt. Wir haben kein Mitspracherecht und müssen uns fügen. Versuchen Sie sich doch bitte einmal unser Entsetzen vorzustellen, als führende Satiriker des Landes vor wenigen Tagen mit folgendem Thema allein gelassen zu werden: „Sex im Freien"!

Das ist eine Frechheit. Das ist was für Jürgen Drews oder Rene Weller. Vielleicht kann auch Sir Peter Ustinov was damit anfangen, aber wir sind keine Schmuddelkolumnisten. Bei uns steht jedes Mal ein Weltruf auf dem Spiel. Thomas Bernhard hätte in der *Praline* auch nie übers Bumsen auf der Motorhaube geschrieben. Das ist eine Stilfrage. Haben Sie jemals von Joachim Ringelnatz den Aufsatz „Rudelsex im Ruhrpott" gelesen? Nein, haben Sie nicht, weil Ringelnatz so etwas ablehnt. (Lebt der eigentlich noch?)

Wir könnten jetzt sagen: „Lieber Doktor Mosser, Sex im Freien ist uns, die wir die führenden Satiriker des Landes sind, als Thema zu banal und würdelos. Hiermit verweigern wir zum ersten Mal die Mitarbeit."

Tatsächlich haben wir zu Doktor Doktor Peter Mosser am Telefon gesagt: „Sex im Freien? Geil, super die Idee. Das brennt uns schon unter den Fingernägeln und woanders auch. Wir setzen uns sofort hin und werden mit dem Gemächte selbst schreiben!"

Naja, wir trauen es uns halt nicht, den Menschen alles direkt ins Gesicht zu sagen. Vor allem weil der Herr Direktor Mosser ein liebenswerter und gescheiter Mensch ist, der auch so schon genug um die Ohren hat und sich nicht auch noch mit renitenten, führenden Satirikern des Landes herumschlagen möchte.

In der Badener Bahn haben wir vorgestern den Lyriker Christian Morgenstern getroffen und ihm von unserer heiklen Situation erzählt. Von Sprachkünstler zu Sprachkünstler. Er meinte, Ingeborg Bachmann hätte im letzten Jahrhundert eine regelmäßige Kolumne im Branchenblatt *Busen* verfasst, das man heute noch verschämt am Westbahnhof kaufen kann. Morgenstern überzeugte uns, über unseren Schatten zu springen und uns dem Thema „Sex im Freien" zu stellen.

Sex im Freien ist wesentlich besser als Sex im Gefängnis. Bei den Recherchen für diese Kolumne sind wir draufgekommen, dass wir beide unabhängig voneinander 1978 am Strand von Jesolo mit Daliah Lavi geschlafen haben. Allerdings unter Wasser, am Meeresgrund, um den Paparazzi zu entfliehen. Insofern sind wir uns nicht ganz sicher, ob diese Art des Geschlechtsverkehrs als Sex im Freien bezeichnet werden kann.

Es hat uns auch nicht gut gefallen. Erstens hat sich ein Hammerhai dem lustigen Treiben angeschlossen, außerdem mussten wir nach dem Akt via Mund-zu-Mund-Beatmung wiederbelebt werden. Deshalb hatten wir auch beide seit damals keinen Sex mehr. Einmal ist genug.

Wir kennen auch niemanden, der Sex hat, geschweige denn im Freien. Uns ist bei unseren ausgedehnten Spaziergängen in Altaussee mit Klaus Maria Brandauer noch nie jemand aufgefallen, der den Akt im Freien vollzog. Bis auf zwei Cocker-Spaniels.

Aber über Sex von Hunden im Freien zu schreiben, das geht zu weit. Das geht endgültig zu weit. Sagt auch Morgenstern.

. . . .

Unser heutiges Aufsatzthema lautet: die österreichische Isolation und ihre Auswirkungen auf Wien und den Wiener. Nachdem die neue österreichische Bundesregierung angelobt worden ist, griff der 39-jährige Entertainer-Papst zum Telefon und wählte die Nummer seines 38-jährigen Kollegen Christoph M. Grissemann, ein hoffnungsloses Nachwuchstalent des österreichischen Kabarettismus.

Hier ein Auszug des hochinteressanten Telefonprotokolls der beiden Welthumoristen, das zeigt, dass politische Diskussionen nicht nur auf Stammtisch-Niveau geführt werden müssen.

(Grissemanns Anrufbeantwortermaschine)

„Guten Abend. Sie werden verstehen, dass Sie nicht der Einzige sind, der mit Herrn Grissemann kommunizieren will. Sie kommen jetzt in die Warteschleife. Richten Sie sich auf eine durchschnittliche Wartezeit von sechs bis sieben Stunden ein. Und überlegen Sie in der Zwischenzeit, ob ihr Anruf wirklich nötig ist!"

Stermann (zu sich selbst): Scheiße ... Mist ... Mit dem dicken Stermann kann man's ja machen.

(Stermann schläft im Stehen auf der Straße ein, während die anderen Demonstranten mit dem schlafenden Stermann mehrmals auf Polizisten werfen.)

Sechs Stunden später.

Grissemann (zart angetrunken und unwirsch): Ja!

Stermann (der von mehreren Radikalen als Rammbock benutzt wird, um die schwere Eingangstür der Präsidentschaftskanzlei aufzubrechen): Äh, ja, jetzt ist es gerade ungünstig, Herr Grissemann. Man versucht gerade, mich zum Spielball der Innenpolitik zu machen!

Grissemann: Stermann! Sie sind Ausländer, hören Sie Dreckschwein auf, sich in innere österreichische Angelegenheiten einzumischen.

Stermann: Dreckschwein ist eine Beleidigung. Entschuldigen Sie sich sofort!

Grissemann: Meinetwegen entschuldige ich mich bei Ihnen für diese Äußerung, die mir von Ihnen zugeordnet wird, Sie Stinkstange!

Stermann: Stinkstange?

Grissemann: Stinkstange!

(Stermann kramt, mittlerweile aus Ohren, Augen und Haaren blutend, eine Urkunde aus seinem blutigen Hosensack hervor)

Stermann: So, jetzt hab ich sie, Herr Grissemann. Die Präambel, die wir vor 10 Jahren, als wir begonnen haben, zusammenzuarbeiten, feierlich unterschreiben mussten. Ich zitiere: „Die Unterzeichner verpflichten sich, sich nicht gegenseitig Stinkstange zu nennen und dürfen sich selbst und andere niemals eigenhändig erwürgen. Ihre Beschimpfung ist ein eindeutiger Verstoß gegen diesen Vertrag.

Grissemann (immer betrunkener): Na und? Nicht an meinen Worten, sondern an meinen Taten sollen Sie mich messen.

(Mit einem lauten Krachen gelingt es den Radikalen, die schwere Tür des Präsidenten mit dem schweren Körper des deutschen Entertainers zu durchbrechen. Stermann fällt in den Schoß des weinenden Bundespräsidenten, der, wie immer, betreten schaut.

Stermann (waidwund blutend, trotzdem in dieser Extremsituation Höflichkeit bewahrend): Verzeihen Sie, Eure Exzellenz.

(Bundespräsident Klestil schaut immer betretener und jammert leise vor sich hin. Stermann wird festgenommen, und Grissemann hört am anderen Ende mit, wie Stermann von zwei Polizisten durchs Fenster zurück auf die brennende Straße geworfen wird. Während des Fluges führt Stermann mit Grissemann das Telefonat zu Ende.

Stermann: Ich weiß nicht, wie das passieren konnte. Es ist eine Schande für Österreich. Ich bin froh über die Gnade meiner deutschen Geburt, Herr Grissemann.

(Grissemann hört über Telefon mit, wie Stermann auf die Pflastersteine des Ballhausplatzes kracht.)

Grissemann (komplett betrunken): Ach, es hieß doch,

dass deutsche Chaoten mit Pflastersteinen auf Polizisten werfen. Dabei werfen Polizisten deutsche Chaoten auf Pflastersteine.

(Grissemann legt auf und erwürgt sich eigenhändig, nachdem er sich mehrmals in den Kopf geschossen hat.)

. . . .

Stermann & Grissemann
privat

Mm.

Grissemann hier, schlafen Sie?

mm

Hab ich Sie geweckt?

mm

Ich brauche jemanden zum Sprechen. Ich weiß nicht, wen ich um diese Zeit sonst anrufen soll. Jeder Freund von mir wäre zu Recht sauer auf mich, wenn ich ihn mitten aus dem Schlaf reiße. Bei Ihnen ist das egal, es stört mich nicht, wenn Sie auf mich sauer sind, darum hab ich Sie angerufen um 4 Uhr früh.

mm

Stellen Sie sich mal vor, ich hätte Rensenbrink geweckt, wie wütend der geworden wäre! Oder Leschnikoff, der Mann würde einen glatt umbringen, wenn man ihn aus den schönsten Träumen reißt! Haben Sie gerade etwas geträumt?

Mm.

Und, was haben Sie geträumt, jetzt machen Sie doch mal das Maul auf, Ihnen muss man ja alles aus der Nase ziehen.

Zwei wunderschöne Frauen schliefen um die Wette mit mir, sie stritten sich, wer besser mit mir schlafen kann, dann hat's kurz vor der Ejakulation geklingelt.

Das war ich, hören Sie, Stermann, ich hab gestern Morgen nach dem Frühstück Notfallstropfen getrunken, vorsorglich, es ist aber überhaupt nichts passiert, verstehen Sie? Ich hab mich nicht verletzt, ich hab mir nicht wehgetan, nichts. Jetzt hab ich diese Notfallstropfen in mir, rumorend, sie wären bereit, können aber nicht eingreifen, weil's nichts gibt, verstehen Sie? Ich hab Angst.

Ich bin müde.

Ich wälz mich im Bett hin und her, ich kann unmöglich einschlafen, aus Furcht, dass ich einen riesengroßen Fehler gemacht habe.

Mm, ich würde gerne weiterschlafen.

In meinem Körper rumoren Tropfen und Sie wollen schlafen? Sie lassen mich hier krepieren, Sie helfen mir nicht, weil Sie müde sind? Was sind Sie für ein Mensch, sind Sie überhaupt einer?

Hören Sie mal, Herr Grissemann. Es ist 4 Uhr früh, Sie haben mich aus einem sexuell aufgeheizten Traum gerissen, weil Ihnen nichts passiert ist. Dann hören Sie mir mal gut zu. Mir ist auch nichts passiert, Sie können auflegen.

Sie haben auch keine Notfallstropfen getrunken.

Warum auch, mir ist ja nichts passiert.

Was passiert, wenn man ein Gegengift verabreicht bekommt, aber keine Schlange zubeisst, hm? Daran kann man krepieren, wenn Sie mich fragen. Mein Leben ist Ihnen nicht mal eine Überlegung wert.

Grissemann, ich hab mit Ihnen zusammen die ganze Stadt nach einem passenden, hübschen Toupet abgesucht, für den Fall, dass Ihnen eventuell einmal die Haare ausfallen. Das war vor drei Jahren, und Ihnen ist kein einziges Haar ausgefallen. Ich glaube kaum, dass man mir mangelnde Solidarität vorwerfen kann. Gute Nacht.

Glauben Sie, dass ich ein Unglück provozieren sollte, sodass die Notfallstropfen doch noch zu ihrem Recht kommen?

Notfallstropfen haben kein Rechtsempfinden, aber wenn Sie wollen, gern, lassen Sie sich aus dem Fenster fallen, legen Sie sich mit dem Kopf auf die Herdplatte, schneiden Sie sich mit dem Rasiermesser in den Unterschenkel, machen Sie, was Sie wollen. Gute Nacht.

Vielleicht sollte ich doch beim Dorfdoktor anrufen.

Und was wollen Sie dem sagen? Entschuldigung für die Störung, aber mir geht's gut, mir ist nichts passiert? Der Onkel Doktor braucht seine Ruhe, der Mann hat seit 186 Stunden nicht mehr geschlafen, wegen dem Fall im Nachbardorf.

Was für ein Fall?

Das halbe Dorf ist homöopathisch gestorben. Schlimme Sache. Gepantschte Bachblüten. Der Heilpraktiker hat sich mit Rosenöl umgebracht. Ertränkt. Mit solchen Mittelchen darf man nicht spielen. Gute Nacht.

Rr.

Herr Grissemann, Stermann hier.

Oh Gott, es tut mir leid, ich hab das Foto von Ihnen in der Zeitung gesehen. Das sieht ja furchtbar aus.

Die Globolibeulen meinen Sie? Jaja, unappetitlich. Aber ich werde wahrscheinlich sowieso sterben, ich habe eine Überdosis Placebo-Pillen geschluckt. Und dann mit meinem völlig verseuchten Eigenurin runtergespült. Deswegen wollte ich auch für heute absagen. Ich kann nicht mit Ihnen prophylaktisch Glasaugen kaufen gehen, falls Ihnen bei einem Unfall einmal ein Auge kaputtgehen sollte. Ich habe nämlich eine Pilzinfektion in und auf den Füßen, ich pass in keinen Schuh.

Schade.

Ja, schade. Ich hab übrigens am Mund ein Ekzem, das Geräusche macht, wollen Sie es mal hören?

Gerne.

Rrrrrrr

Großartig. Wann ungefähr werden Sie sterben?

Die Schulmedizin gibt mir noch 24 Stunden, aber Sie wissen ja, wie ich zur Schulmedizin stehe. Skeptisch, sehr skeptisch.

Ich weiß, nach dem Unfall, als Sie von der Straßenbahn überfahren wurden, da haben Sie's ja auch abgelehnt, behandelt zu werden. Und sich selbst Reiki gegeben. Hat ja nicht so gut funktioniert, Sie haben beide Füße verloren. Die im Krankenhaus haben gesagt, eine einzige Spritze hätte gereicht, und Sie wären ohne jeden bleibenden Schaden aus dem Krankenhaus getanzt.

Da prallen einfach zwei Denkschulen aufeinander, Herr Grissemann. Vor meinem Haus steht ein Sanitäter mit einer Cortison-Creme. Er behauptet, wenn ich die auf meinem gesamten Körper großzügig auftrage, würde ich mit Sicherheit heute Abend schon geheilt sein. Cortison, Herr Grissemann!

Ja, natürlich. Gut, geh ich eben alleine einkaufen.

Rrrrrr

Hallo?

Das war mein Ekzem, es hat sich auch verabschiedet. Also, machen Sie's gut.

Ja, Sie auch. Wiederhören.

Das ganze Buch auf 5 Seiten